KB230722

정하성 시사칼럼집 **5**

사랑의 매는 폭력의 미명인가

정하성 시사칼럼집 **5**

사랑의 매는 폭력의 미명인가

정하성 저

한국학술정보㈜

"사람이 나눌 수 있다는 것은 큰 축복으로 아름다운 사랑을 실
천해가는 첫걸음이 된다. 나눔 없는 진정한 사랑은 없기 때문이다.
나눔은 깊은 관심 속에 자신의 소중한 것을 사심 없이 기쁜 마음
으로 전달하는 행위다. 마음과 물질은 나눌수록 풍요로워지고 사랑
을 키워갈 수 있다. 가진 게 없어 나눌 수 없다는 말은 인간의
존재가치를 부정하는 것과 다름없다."

프롤로그

　새봄은 만물에게 희망과 꿈을 가능하게 해준다. 새봄이 오면 사람도 활력을 얻어 새롭게 시작하려고 마음을 가다듬게 된다. 집안청소도 하고 덮어두었던 책장을 새로 펼치게 된다. 대자연은 변명이나 자기 편한 대로 순리를 한 번도 역행하지 않는다. 사람만이 시간과 장소에 따라서 자신의 주관적 사고의 변화에 따라서 판단과 결정을 수시로 바꾸며 변명을 늘어놓는다. 정치권과 부정직한 집단이 더욱 그러하다.

　청소년과 어린이에게 마음에 안 든다고 폭행을 하고 자신의 마음과 매 맞은 자녀를 위로하려는 이중의식은 너 잘되라고 때렸지, 결코 미워서 때린 것이 아니라고 구차한 변명을 늘어놓는다. 그래야 조금이라도 아픈 마음을 위로받을 수 있나 보다. 분명한 것은 자녀의 폭행은 죄악이라는 사실을 더 이상 외면해서는 안 된다.

　나는 일상의 삶터에서 수없이 벌어지는 정치적 문제와 지자체의 모순을 개선하려 부단히 노력하는 사람이다.

신문이라는 언론매체를 통하여 칼럼으로 지적하고 신문사설을 통해서 문제를 지적하고 대안을 제시하기에 부지런했다. 시간이 날 때는 자신을 수양하는 심정으로 수필을 즐겨 쓰기도 한다. 사람이 글을 쓴다는 것은 진실 속에서 자신의 가치관을 반추하는 표현이기도 하다. 진실하게 살려는 의지의 표현이며 약속이기도 하다.

때로는 가슴을 치미는 분노와 이건 아니라는 강한 부정의 마음을 삭히며 칼럼을 썼고 사설을 써왔다. 내 글이 반영되어 행정이나 정책이 변화되기도 하지만 대부분은 그냥 지나치기도 일쑤다. 그러나 문제를 지적했고 대안을 제시했으며 의미와 가치를 찾았다. 결코 무의미하거나 시간낭비는 아니라는 차원에서 위안을 받아야 했다. 사람이 가치 있고 공익을 위해 헌신한다는 것은 매우 소중한 일이기 때문이다.

항상 편견을 극복하고 오만과 월권을 자행하지 않고 선하고 아름답게 살아갈 수 있도록 기원하고 바라는 마음 간

절하다. 사물과 상황을 어떤 시각과 가치관을 갖고 보느냐
에 따라 관점과 평가가 달라지기 마련이다. 오늘같이 다양
한 가치가 존중되고 다양성이 표현되는 세상에는 항상 자
신의 한계를 생각하고 신중한 언행을 필요로 함을 생각해
야 한다. 진실과 사랑 속에 용해될 수 없는 어려운 문제는
역사와 신의 섭리에 맡기고 우리는 성실하고 열심히 생활
하면 된다는 생각을 해본다.

충청투데이 경기신문에 기명칼럼과 사설을 쓴 것을 모아
다섯 번째 칼럼집을 출판하게 되었다. 출판사의 요구와 지
원에 고마움을 표한다.

2008. 4. 30.

한밭 벌 괴정학당에서

저자 정하성 씀

차
례

제2부 아름다운 사회 사랑스런 세상

제1부

행복한 지방자치
신명나는 정치를

아름다운 얼굴을 그리는 마음으로

✼ ✼ ✼

"그레샴의 법칙이 존재하는 슬픈 현실을 유권자의 정의로운 표로써 심판해야 한다. 전과자나 위선자가 다시는 시민 앞에서 표를 구걸하는 일이 없도록 이번 선거를 통해서 본때를 보여주어야 한다. 진실과 정의가 대접받고 존중받는 지극히 당연한 윤리를 실천해야 한다. 후회 없는 투표를 통해서 시장과 도지사를 뽑고 지방의원을 선출하는 일에 앞장설 때다."

지방선거일이 앞으로 보름 남았다. 지역사회살림을 책임질 대표를 뽑는 일에 적극적으로 나설 때다. 정치에 혐오감을 느끼는 현실이지만 그래도 투표권을 행사하여 최선이 아니면 차선이라도 택해야 한다. 선거에 냉소적인 시각을 갖고 있는 유권자를 투표에 참여하기 위하여 권유하고 촉구하는 일은 우리 모두의 몫이다.

지역사회살림은 주민의 공통된 욕구를 정확하게 파악하고 지역사회가 보유한 자원을 동원하여 가장 효율적으로 활용하는 원칙이 지켜질 때 나아진다. 주민 모두가 바라는 지역사회의 특색을 살려서 개발하고 발전시키므로 주민이 행복할 수 있는 사람을 자치단체장과 지방의원으로 선출해야 한다.

중차대한 유권자의 권리를 정치에 대한 염증과 불신 때문에 포기할 때에 더 큰 불행한 결과가 찾아온다는 사실을 인식해야 한다. 지방자치가 지역의 상징이 될 수 있는 아름다운 얼굴을 그리는 일이라면 유권자는 거짓 없이 진실하게 얼굴을 그릴 수 있는 화가를 선택해야 한다. 짙은 화장으로 위장한 얼굴을 본래의 얼굴인 양 너스레 떨고 다니는 사람의 본질을 볼 줄 아는 지혜가 필요하다.

공약검증에 앞서 후보자의 사람 됨됨이를 검증하여 선택의 잣대로 삼아야 한다. 실업자 상태에서 수천만 원을 수수하고 재판과정에서 다시는 정치를 하지 않고 반성하면서 살아가겠다는 청원을 하여 판사는 이를 참작해서 집행유예를 선고했다. 그래서 구속에서 풀려나게 된 사람이 이제 와서 시민의 검증을 받았다고 큰소리치는 세상이 한탄스럽다.

진실과 정직을 왜곡하며 유권자를 우롱하는 작태를 자라나는 청소년에게 어떻게 설명해야 될지 고민이다. 삶은 동기와 과정이 중요하며 한 번 행한 일은 평생 책임을 져야 한다. 더구나 지도자가 되려면 철저히 자신을 관리할 줄 알아야 한다. 유권자를 우습게 생각하고 권력의 단맛을 찾아 이당저당 옮겨가는 전과자를 선출하는 어리석음을 두 번 다시 되풀이해서는 안 된다.

우리 지역은 정말로 정의와 진실이 살아 숨 쉬는 충절의 고향이다. 아름다운 고향의 명예를 더럽히는 사람을 대표로 뽑아서 안 될 말이다. 지방자치는 지역출신 사람을 대표로 뽑아야 한다. 지역사회살림을 잘 아는 사람만이 참된 지역의 얼굴을 그려갈 수 있기 때문이다. 어릴 때부터 지역사회의 하늘을 바라보며 땅을 밟고 이웃과 함께 웃으며 생활해온 사람은 삶의 터전에 대한 애착이 강하다. 물론 토착주의를 강조하고 싶은 생각은 없다. 다만 뿌리의 순기능과 주민의 바람을 표현했을 뿐이다.

그레샴의 법칙이 존재하는 슬픈 현실을 유권자의 정의로운 표로써 심판해야 한다. 전과자나 위선자가 다시는 시민 앞에서 표를 구걸하는 일이 없도록 이번 선거를 통해서 본때를 보여주어야 한다. 진실과 정의가 대접받고 존중받는 지극히 당연한 윤리를 실천해야 한다. 후회 없는 투표를 통해서 시장과 도지사를 뽑고 지방의원을 선출하는 일에 앞장설 때다.

선거에서 전문가를 선택하는 일도 중요하다. 지방행정이 무엇인지 모르는 비전문가가 정치적 바람으로 운 좋게 당선되어 단체장을 했다고 결코 전문가가 될 수 없다. 전문가는 하루아침에 이루어질 수 없다.

후보자의 검증은 어린 시절은 물론 가족관계, 자질까지 철저하게 따질 필요가 있다. 전과자와 패륜가정에서 성장한 사람이 결코 시민을 대표할 수 없는 일이다. 修身齊家 治國平天下라는 말의 의미를 수용할 때이다. 가정과 과거가 엉망인 사람이 어떻게 선량이 되어 시민을 다스릴 수 있겠는가.

익어가는 가을날의 포도에 마지막 단맛을 더해주는 햇볕같이 우리도 올바른 사람을 선출하여 지역사회발전에 기여할 수 있게 해주어야 한다. 우리 지역사회의 얼굴그리기에 마무리를 해서 명화를 그릴 유능한 화가를 선택해서 그림값을 올린다는 마음으로 투표해야 한다. 도덕성 높은 진실하고 유능한 화가를 선택하여 아름다운 비전의 얼굴을 그려가도록 격려하고 지원하는 일이 중요하다.

작품의 마지막을 손질하는 심정으로 후보자를 엄선해서 투표하는 현명한 유권자 노릇을 다하기 바란다. 완성되어가는 얼굴에 마지막 손질을 하듯 마지막 선택은 유권자의 몫임을 강조한다.

우리 지역사회지도자의 아름다운 얼굴을 그려가는 모든 사람이 전통과 가치를 거부할 수 없음은 물론이다. 진실과 정의가 통하는 선거풍토의 조성은 멀고 멀건만 언젠가 우리가 이뤄야 할 과제다. 화폭에 마무리를 잘 해야 하듯 투표에 앞서 선택을 신중하게 할 것을 강조한다. 자치단체장과 지방의원은 물론이고 더 나가 대통령과 국회의원을 선출하는 일에도 사사로운 인정을 떠나 객관적인 평가를 통해 능력 있고 성실한 사람을 선출하여야 한다.

(2006.5.25.)

무지갯빛, 지방자치를

❀ ❀ ❀

"독주하기 쉬운 지방행정을 의회가 감시, 견제하면서 주민 의사를 반영
하고 복리증진에 적극 노력해야 한다. 국책사업과 정책의 합리적인 지역
연계를 이끌어내며 효율적인 시책과 사업을 원만히 추진할 수 있도록 지원
해주고 도와주는 일이 중요하다."

5·31지방선거는 지역의 문제보다 중앙정치가 이슈가 되
어 이성보다 감정에 의한 선거를 치렀다. 정치의 무관심 속
에 50%의 투표율은 다행이라는 생각에 앞서 응징의 표현으
로 읽는 것이 옳을 것 같다.

출마자와 관계자들만의 축제가 되어버린 선거의 한계를
극복하여 진정으로 지역대표를 뽑는 일에 관심을 갖고 축

제로 이끌어가야 할 과제를 안고 있다. 여당의 참패와 한나라당의 완승으로 선거가 끝났다. 묻지마 2번(한나라당 선거번호) 투표로 여당에 대한 실정을 응징한 것은 아직도 감정의 분풀이 정치가 판치고 있어 민주주의 미성숙 정도를 읽을 수 있다.

집권당에 대한 민심은 활화산 같은 분노에 가까웠으나 실정과 무능으로 국민의 고통이 큰 현실을 읽지 못한 집권세력에 대한 심판으로 볼 수 있다. 한나라당에 표를 몰아준 것은 지지가 아닌 선택의 여지가 없어 나타난 반사이익으로 보아야 한다. 싹쓸이로 끝난 이번 선거는 여당의 무능, 집권층의 무지와 오만, 대통령의 고집, 민심의 외면이 얼마나 무서운가를 보여준 사례다.

지방선거를 계기로 정부와 여당은 민생을 챙기고 국민이 무엇을 요구하는지를 파악하고 더 이상 민의를 외면하거나 무시하지 말아야 한다. 정부여당은 유가, 금리, 환율, 노동정책, 규제철폐 등 악화일로에 있는 경제변수 등 정책 전반에 걸친 피나는 반성과 새로운 대안을 모색하기 위해 노력해야 한다.

독식한 한나라당은 민생정책을 수행할 능력과 통합의 리더십을 발휘하여야 한다. 현실적으로 우려되는 지방의회와 집행부가 한나라당이 '한통속'이 되어 견제와 감시라는 본래의 기능이 외면되면 지자체발전은 후퇴하고 주민고통은 가중된다. 한나라당은 지자체를 간섭하고 통제하려는 발상을 접어야 한다.

독주하기 쉬운 지방행정을 의회가 감시, 견제하면서 주민의사를 반영하고 주민복리증진에 적극 노력해야 한다. 국책사업과 정책의 합리적인 지역연계를 이끌어내는 일이 필요하며 시책과 사업추진을 지원해주고 도와주는 일이 중요하다.

경기도지방경찰청에서 수사 중인 당선자 58명에 대한 신속한 처리도 서둘러야 한다. 어떤 일이라도 불법부정은 용납될 수 없는 일이다. 1년 6개월 남은 대선에 각 정당이 올인하면서 이합집산이 이루어질 경우 집단갈등과 경제적 어려움은 가중될 수 있다. 중앙정치에 눈치 보지 말고 주민들은 당면문제해결과 지역사회경제를 살려서 주민복리를 향상시키기 위해 온몸을 던지는 단체장과 지방의원이 되어야 함을 명심하기 바란다.

일당독식이 돼버려 무소불위한 지방권력을 이제는 시민이 나서 감시해야 한다. 문제는 한나라당 무대를 견제할 수 있는 제도적 장치가 마땅치 않다는 데 있다. 당선자의 실천의지와 지방행정에 대한 철학에 기대를 걸면서 지방언론의 감시기능과 주민감시체제가 활성화되어야 한다. 지자체의 장과 지방의원에 대한 감시활동을 철저하게 전개하여 도덕적 해이를 막고 주민을 위한 효율적인 사업이 집행되도록 노력할 때다.

일당독점의 지방자치가 낳을 문제와 모순을 주민이 외면할 때 엄청난 피해가 돌아온다는 사실을 인식해야 한다. 중앙당의 당리당략에 따라서 지방행정을 좌지우지하려 한다면 이번 선거보다 더 무서운 국민의 심판을 받는다는 사실을 명심하기 바란다. 중앙의 일꾼이 아닌 지방의 일꾼을 뽑은 만큼 지역을 위해 단체장과 의원들은 혼신의 노력을 다해주기 바란다. 주민들이 예측가능하고 신뢰할 수 있는 일관성 있는 행정을 펼쳐야 한다.

지자체는 여야당의 정강정책 중 좋은 점은 모두 수용하고 주민들의 다양한 의견을 수용하려는 자세가 절실하다. 무지개가 아름다운 것은 빨강, 주황, 노랑, 초록, 파랑, 남색, 보라색이 함께 어울려서 조화를 이루기 때문이다. 지방자치도 다양한 목소리가 토론을 통해서 하나의 통합된 의견을 탄생시킬 때에 무지개처럼 아름다울 수 있다.

이제는 지역의 발전과 번영을 위해서 상호협력과 열정으로 무지갯빛보다 더 아름다운 지역을 일궈가기 위해서 주민의 중지를 모아가야 할 때다. 협력과 조화는 각자의 위치에서 주어진 역할을 충실하게 수행하고 남을 도와줄 때에 빛을 발하게 된다.

선거 이후 각 분야 중에서 해결해야 할 현안들이 산적해 있다. 이제 승자와 패자 모두가 지역의 화합과 발전을 위해서 사랑과 정성을 모아가자. 무지갯빛 지역발전은 영원한 우리의 바람임을 잊지 말자.

(2006.6.9.)

정당보조금 사용 투명해야

❋ ❋ ❋

"나만은 예외라는 몸에 밴 특권의식과 국정감사 때 시시비비를 찾아 큰
소리치는 국회의원의 저질스런 이중행위에 유권자는 실망을 금할 길 없다.
자신에게 무한히 관대하고 타인에게는 엄격한 모순 된 인격구조를 개선하
고 반성하는 일이 중요하다."

투명하고 당당한 정치를 하기 위해 지원되고 있는 국고
보조금이 복마전이나 다름없이 마구 사용하고 있어 정당의
심각한 도덕적 해이를 방지할 수 있는 제도적 장치마련이
시급하다. 선관위가 실사를 통해 밝힌 정당보조금사용을 보
면 유흥비, 개인차량수리비, 동창회비, 종친회비, 집들이, 경
조사비, 주정차위반 과태료까지 불법으로 지불해 왔다. 보

조금의 수입과 지출을 허위로 누락 보고하는 가증스러움을 보이고 있어 경악을 금치 못한다.

국고보조금과 정치자금을 호주머니 돈 쓰듯 개인적으로 마음대로 사용하고 있는 관행이 사라지지 않고 있다. 선관위는 최근 5개월간의 실사를 통해서 지난해 국고보조금 2억 9천7백만 원을 부당하게 집행한 여야 정당인 6명과 기업인 등 24명을 검찰에 고발했다. 242건의 위법사실을 적발하고 231건은 주의 및 경고조치했다. 여당인 열린우리당이 102건으로 전체 불법건수의 42%를 차지하고 있다.

개혁과 사회정의를 외치는 여당의 위법사례는 정당의 위선적 구조를 단적으로 말해준다. 또한 법인과 단체의 정치자금기부가 법으로 금지됐음에도 불과하고 기업들은 편법, 불법으로 기부를 계속해오고 있다. 기업체간부들은 비자금을 조성한 후 정당과 국회의원 후원회에 비자금으로 수억 원을 분산 입금시켜 왔다. 법을 만드는 국회의원의 이중적 행위는 변명의 여지없이 비난받아 마땅하다.

나만은 예외라는 몸에 밴 특권의식과 국정감사 때 시시비비를 찾아 큰소리치는 국회의원의 저질스런 이중행위에 유권자는 실망을 금할 길 없다. 자신에게 무한히 관대하고 타인에게는 엄격한 모순 된 인격구조를 개선하고 반성하는 일이 중요하다.

정당의 투명성과 국회의원의 자질을 따져 차기 선거에서 철저하게 배제하는 시민운동이 필요하다. 정당과 선량은 적어도 자신의 행위에 대해 책임을 지는 풍토를 만들어가야 한다. 선관위에 계좌추적권한을 부여하여 구체적으로 정치 자금관리를 투명하게 해야 한다. 이번 일도 선관위에 계좌 추적권이 없어 심증은 가나 구체적인 물증을 찾아내지 못해 고발하지 못하고 경고 주의 조치한 것이 대부분이다.

　정치인 의식변화를 위한 교육과 시민활동 및 투명한 제도개선을 병행하여 선진화된 정치자금모금과 국고집행의 투명성을 높여가는 일이 당면과제다.

(2005.8.22.)

聯政보다 민생을 챙겨야

＊ ＊ ＊

"대통령은 국가 최고통치권자로 헌법이 부여한 권한과 책임을 타 정당에
게 자의적으로 위임할 수 없으므로 국민은 경제실정과 사회혼란의 책임을 전
가하기 위한 술수로 받아들일 수밖에 없다."

국가경제가 어렵고 계층 간 양극화가 심화되어 민심이
흉흉한 때에 대통령의 지역구도해결을 위해 선거제도개선의
당위성을 강조하며 연정을 하겠다는 집착은 국민의 분노와
반발을 사고 있다.

여당에서조차 반대세력이 있고 야당은 논의할 가치가 없
다며 무시로 일관하고 재계, 학계 등 모두가 부정적인 시각

이다. 노 정권은 혼란, 무능, 태만의 면피용 대안으로 지역구조개편을 들고 나와 세상을 시끄럽게 만들고 있다. 노 정권은 외교나 경제보다 국내정치를 개혁하라고 자신을 뽑았으며 지역구도 해소는 연정만이 현실적 방법이라며 자신의 진정성과 자기희생을 이해해달란다.

실정을 토론하자며 자기도피로 국민고통을 키우려 한다. 대통령은 국가 최고통치권자로 헌법이 부여한 권한과 책임을 타 정당에게 자의적으로 위임할 수 없으므로 국민은 경제실정과 사회혼란의 책임을 전가하기 위한 술수로 받아들일 수밖에 없다. 경기도지역 경제계도 지금은 고통받는 국민의 경제난 해결을 위해 올인할 때지 연정에 전념할 때가 아님을 강변하고 있다. 연정으로 지역주의를 해소할 선거제도를 만들자는 대통령의 주장은 문제가 많으며 여소야대로 국정수행이 어렵다는 엄살은 이해할 수 없는 일이다.

지난번 국방부장관 해임안도 민노당이 협조해 부결되지 않았나. 5당으로 구성된 여소야대는 숫자상 국회의원 몇 석의 많고 적음이 현실적 의미가 없다. 국정수행에 전혀 걸림돌이 되지 않기 때문이다. 지역구도개선 문제는 국민의식과 지역의 사회문화특성 문제이지 제도개선으로는 한계가 있으며 영호남지역만 아닌 경기, 충청, 강원지역문제도 포괄적으로 다뤄야 할 문제다.

지역구도개선을 위한 논의는 여야가 충분한 사간을 갖고 국회서 논의할 일이지 대통령이 사생결단을 내듯 야단법석

떨 일이 아니다. 수도권규제로 인해 국내외기업이 공장신설을 못 하고 빠르게 추격해오고 있는 중국 경쟁요인에 대처하지 못하는 등 세계경쟁력 둔화를 극복할 수 있는 정책집행에 올인할 때다.

대통령은 일자리 창출과 사회갈등해소 등 당면과제 해결 등 국정에 전념할 때지 언제까지 연정 타령에 시간과 국력을 소모시킬 것인가. 노 정권은 지역구도는 지역문화사회특성의 자연스런 변화와 외연에 의해서 이루어짐을 인식하고 민생 챙기기에 충실하기 바란다.

(2005.8.1.)

오합지졸의 정계개편

❀ ❀ ❀

"정당정치는 창당이념의 철학 속에 정권창출을 위한 정강정책에 의해 국민의 지지를 받기 마련인데 이를 거부하고 몇몇 사람의 이해관계에 따른 정계개편은 이제 막을 내려야 할 때다."

대선이 다가오자 정계개편의 목소리가 요란하다. 집권당의 국민지지율이 10%대에 머문 지 오래인 여당에서부터 메아리 쳐오고 있다. 집권하여 창당한 열린우리당과 노무현 대통령은 코드인사와 회전문인사를 고집하여 리더십부족으로 실정을 낳고 편 가르기 중심에서 반목과 갈등을 확대생산시켜 국정을 혼란시켜 왔다.

통치와 국정운영의 기본은 통합과 협력을 통한 희망에 있음에도 옹고집과 원망으로 밀어붙인 정책은 후회와 퇴임의 시간을 기다리게 하는 참담한 결과를 초래했다. 이들은 국민으로부터의 외면이 어디에서 비롯됐는지를 찾지 않고 오기정치를 계속 고집한다. 끝없이 추락하는 노무현 정권은 국내외에서 지지를 상실한 채 지역, 성별, 계층 간의 갈등을 증폭시켜 가고 있다.

기대를 걸고 표를 몰아주었던 지지층은 고통과 빈곤 속에서 희망을 잃게 됐다. 내년 대선에서 당선가능성을 찾기 어렵게 되자 정계개편을 들고 나섰다. 국민의 뜻과는 전혀 관계없는 말이다. 오죽하면 여당에서도, 민주당에서도, 고건 신당추진위에서도 노무현은 빼고 다 오라고 하겠는가. 군소정당은 光을 언제 어떻게 팔 것인가를 고민하며 기회를 엿보고 있다.

정당정치는 창당이념의 철학 속에 정권창출을 위한 정강정책에 의한 국민지지를 받기 마련인데 이를 거부하고 몇몇 사람의 이해관계에 따른 정계개편은 이제 막을 내려야 할 때다, 열린우리당은 2003년 9월에 새로운 정치, 따뜻한 사회, 잘사는 나라, 한반도 평화강령으로 창당하였는데 3년 만에 판을 깨야 하는 이유를 지지율 저하에서 찾고 있다.

국민 앞에 반성하고 용서를 구하며 새로운 재도약은 결코 기대할 수 없는가. 창당3주년 행사는 중앙당사에서 기르던 개가 강아지를 낳은 것이 유일한 기쁨이라는 당직자의 표현이 열린우리당의 현실을 말해주고 있다. 끝까지 실패 안 했다고 고집하는 의원이 모여 있는 집단이 되어버렸다. 막막하고 한심한 집권당에게 국민이 희망을 찾을 수 없고 기대를 걸 수 없음이다.

1997년 11월에 창당한 한나라당은 두 번의 집권기회를 상실하고 반사이익에 안주해 왔다. 국민의 절대지지가 실정한 여당에 등을 돌린 국민의 선택할 수 없는 현실에서 온 것임을 인식해야 한다. 떳다방 식의 한탕정치이며 정치투기꾼들의 도박장이고 지역 구도를 되살리려는 구태정치라는 정계개편의 질타에 앞서 구체적 대안을 제시하고 국민에게 신뢰를 주는 일이 급선무임을 알아야 한다. 제일야당으로 정책대안제시와 국민의 소리에 겸허하게 귀 기울이는 정당이 되어야 한다.

1991년에 창당한 민주당은 노무현과 여당의 배신에 대한 분노와 지역정당 이미지에서 벗어나 집권비전과 국가발전정책 제시에 충실해야 한다. 2000년 1월에 창당한 민주노동당은 최초의 제도권 진입에 안주하지 말고 국가와 사회의 발전을 위한 상생의 정치에 정성을 쏟아야 한다.

독일의 사회학자 막스 베버는 "자신을 돋보이려는 욕망과 허영심은 현실감각 상실과 책임 포기의 큰 죄를 범할 유혹에 빠지기 쉽다."라는 정치지도자의 생리를 지적했다. 정당과 정치인은 당리당략과 사리사욕보다 국민과 사회발전을 먼저 생각하고 공공의 이익을 중시하는 사람이 되어야 한다.

우리의 현실은 "현대 민주주의 국가는 국민주권의 원리에 입각하며 정당 국가로 조직되어야 하고 정당을 통해 19세기까지의 자유롭고 대의적, 의회적인 민주정치가 20세기의 국민투표에 의한 민주정치로 변화했다."라는 G. 라이프 홀츠의 주장마저 무색한 나라가 되어버렸다. 이제 우리 국민이 나서야 할 때다. 명분도, 정책도, 비전도 없이 사리사욕을 위해 당을 만들고 철새처럼 몰려다니는 정치인과 광을 팔겠다고 기웃거리는 정치집단을 추방할 때다.

집권의욕도, 정당이념도 외면한 채 실리를 찾던 시대는 이미 소멸되어가고 있음을 강조한다. 거국중립내각 문제를 둘러싸고 상대방을 공격하는 사오정게임에 국민이 실소하고 있는 현실의 정쟁과 말싸움을 걷어치우고 고통받는 민중을 위해 경제를 활성화시키는 일에 여력을 다해주기 바란다. 국민이 신뢰하는 정치인이 되고 국민에게 희망과 기쁨을 주는 정치인이 되어야 한다.

정치는 자연의 섭리가 역행하지 않듯이 순리와 상식이 존중되는 기본에 충실해야 한다. 염중 나는 오합지졸의 정계개편보다는 반성하고 다시 출발하려는 유연한 사고가 국가발전에 더욱 유용함을 강조한다.

(2006.11.13.)

盧의 독선과 아집

＊ ＊ ＊

"집적의 장점과 순기능은 무시한 채 지방분산만 외치다 부동산투기천국을
만들어놓고 아무것도 이룬 것이 없다. 수도권규제정책의 유연성을 배제하여
기업이 경쟁력을 잃고 동남아로 떠나고 있다. 일 년이면 수십만 명의 일자
리가 해외로 떠나건만 일자리를 창출한다고 야단법석을 떨며 수백억 원의
예산을 쏟아 붓고 있으나 효과는 별무하다."

참여정부의 4년은 국민통합, 기업육성, 서민살림살이, 경
제성장과는 거리를 둔 채 개혁의 미명 아래 반목과 갈등을
증폭시켜 결과적으로 고달픈 민중의 삶은 더욱 혹독한 고
초를 인내해야 했다. 경제현실을 동토의 이방인 같았다는
심한 이야기가 회자되는 현실이다.

낡은 이데올로기와 보, 혁 갈등을 증폭시켜서 국민을 이 분법적 논리로 갈라놓았고 가진 자와 없는 자, 노동자와 기업주의 시각차를 벌려놓아 노사갈등을 키웠다. 반기업정서와 특수계층에 대한 적개심에 가까운 정책은 소비를 위축시켰고 민족자본을 해외로 유출시킨 결과를 초래했다.

정권을 건 부동산정책도 모순덩어리다. 시장경제원리에 맡겼더라면 지금보다 훨씬 안정되게 정착할 수 있었을 문제다. 균형발전정책으로 전국을 혁신도시와 개발도시로 만들겠다고 정책을 남발하여 전국 방방곡곡의 땅값을 올려놓았다. 아무 쓸모없는 땅의 공시시가만 높아 세금내기에 서민의 허리를 휘게 만들었다.

집적의 장점과 순기능은 무시한 채 지방분산만 외치다 부동산투기천국을 만들어놓고 아무것도 이룬 것이 없다. 수도권규제정책의 유연성을 배제하여 기업이 경쟁력을 잃고 동남아로 떠나고 있다.

일 년이면 수십만 명의 일자리가 해외로 떠나건만 일자리를 창출한다고 야단법석을 떨며 수백억 원의 예산을 쏟아 붇고 있으나 효과는 별무하다. 집중과 집적의 장점을 현실에 조화시켜 가는 일이 중요하다. 물론 정치지도자에게는 공과가 있음을 부인할 수 없으나 현실적으로 노 대통령의 공을 이야기하기에는 국민정서와 너무나 거리가 멀다.

국민지지율이 10% 미만의 집권당 대통령이란 수모로 정치사를 어떻게 쓸 것인가. 과연 노 대통령은 똑똑한 지도자인가 어리석은 지도자인가에 대한 갑론을박을 떠나 국가통치자는 민족과 역사를 올바로 볼 수 있는 시야가 필요하다. 이것마저 궤변과 아집으로 일관한다면 역사는 그를 어떻게 기록하겠는가를 자문해본다. 진정으로 똑똑하고 현명한 지도자는 상하와 계층과 모두를 아우르는 통합과 협력의 에너지를 창출하는 지혜를 외면해서는 안 된다.

노조위원장과 대화에서 노조위원장이 대통령에게 말을 적게 하라고 주문했다가 말을 가려서 하라며 면박을 주고 대로하는 대통령의 마음으로는 진정한 국민의 소리를 들을 수 없다. 100만 명을 넘는 청년실업자를 위해 고민하고 괴로워하며 그들에게 희망과 위로의 말을 할 줄 아는 지도자를 우리는 필요로 하고 있다.

정치는 분파와 패싸움이 아니다. 물 흐르듯 모두가 함께 유연하고 여유롭게 흘러가는 것이다. 정치의 본질은 국민생활의 향상과 안위에 있다. 이 본질이 외면되고서는 어떠한 공로도 제대로 평가받기 어렵다. 생존권이 우선이며 그 후에 인권과 복지권이 신장돼야 하기 때문이다. 아무리 정치가 살아 움직이는 생물 같다고 하지만 탈당 안 하고 당원 역할수행을 강조한 지 며칠 됐다고 꼼수를 부려 탈당을 하고 변명하는가.

국민의 수준이 그 수를 읽기에 충분한 사실을 정치권은 인식하기 바란다. 노 대통령의 투쟁적 언사와 편 가르고 제식구 챙기기가 정도를 넘어 낙하산인사로 국영기업체는 예산을 낭비했고 비전문가의 아마추어리즘은 우리 사회의 전통적 가치와 질서를 파괴하기에 충분했다.

소수의 당원이라도 반대하는 그들을 위해 탈당한다고 22일 저녁에 발표했다. 열린우리당의 이탈을 막아보자는 고육지책이 아닌가. 진정으로 중심을 지키며 국민을 위해 마지막 봉사를 하여야 함을 절감하기 바란다. 이제 11개월 남은 임기에 10년 후, 20년 후의 계획과 비전을 제시하지 말고 회오리치는 정치개편의 중심에서 벗어나 질병과 빈곤에서 생사를 헤매는 국민을 어루만져주어야 한다.

진보를 비판했다가 보수를 비판하고 좌충우돌의 말을 접어두고 패장은 말이 없다는 옛 노장의 비운 마음을 가져보길 권유한다. 정권의 마무리를 잘 하는 일이 급선무이며 중요한 의무이기도 하다. 국민의 민생을 위해서 위로하고 격려하는 부드럽고 따뜻한 대통령의 임기를 기대하는 것은 부질없는 일이 아니길 바란다.

모름지기 국가지도자는 벼락 치는 천둥소리만 들을 것이 아니라 가랑비소리에도 귀 기울일 줄 알아야 한다. 나무도 보고 숲도 보며 새소리도 듣고 나뭇잎에 이는 바람소리도 들을 수 있어야 함은 물론이다. 국민들은 개헌논의를 다음 정부로 넘기고 민생 챙기기에 열중하라는 주문을 하고 있으나 대통령은 아랑곳하지 않는다.

고달픈 서민을 위해서 다언을 삼가고 심사숙고하여 그들의 고통을 조금이라도 줄여주고 퇴임하는 대통령이 되어야

한다. 이것이 국민에 대한 최소한의 보답이고 대통령의 도
리이며 예의라고 생각한다.

(2007.3.13.)

光 팔지 말아야

❋ ❋ ❋

"이제 그 누구도 지역민을 팔아 자리를 차지하려 해서는 안 된다는 주민
의 준엄한 명령을 외면할 수 없다. 승자나 패자나 함께 손을 잡고 지역발
전과 국가발전에 중지를 모아 최선을 다하는 아름다운 모습을 주민은 기대하
고 있음을 외면하지 말기 바란다."

4·25보선결과를 놓고 연말대선의 전초전과 연계하여 해
석하면서 논란이 분분하다. 한나라당의 참패, 민주당의 건
재, 국중당의 회생이라는 의미 부여는 타파할 수 없는 지역
구도의 민심을 외면할 수 없다는 한계를 나타냈다.

국민지지율이 50%에 육박하던 한나라당이 국회의원 3곳
중 1곳, 기초단체장 6곳 중 1곳에서 당선된 것을 놓고 참패

라고 표현하는 이유가 계량적 결과인식 때문이다. 특히 국중당의 국회의원 한 석 당선을 놓고 지역대표성과 역할론을 이야기하는 호사가가 많다. 국회의원 6명의 초미정당으로서는 할 수 있는 일이 거의 없는 현실이나 대선에서 지역의 대표정당으로 지역민이 캐스팅보트 역할을 할 수 있다는 가능성 때문에 관심이 고조되고 있다.

충청도 지역당은 김종필 씨가 1995년 5월 30일에 창당한 자민련에서 출발하여 킹메이커 역할을 두 번이나 해냈다. 그 결과 김종필 씨는 고령에 국무총리 자리를 차지할 수 있었다. 김종필 씨가 국무총리가 되어 충청권에 어떤 영향을 미쳤으며 국가발전에 어떤 일을 했나를 생각해봐야 한다. 순기능보다는 역기능이 많았다는 평가다.

자민련은 2세대 당대표선출을 앞두고 당권싸움에서 불리해진 심대평 씨가 국중당을 창당하여 반쪽 충청당을 만들고 지난 지방선거에서 분패했다. 지역민심은 정도를 원했기에 철저하게 외면했던 결과다. 이번 대전 서구(乙)보선 결과를 놓고 후보자의 인물과 정책이슈에 따른 결과로 보는 경향이 높다. 지역관심사가 우선임에도 대선을 부각시켰고 후보자의 자질도 문제점으로 지적되었다. 한나라당 대선예비주자의 집중적인 지원에도 패배한 것은 여기에서 원인을 찾을 수 있다.

충청민심을 수용하지 않고서는 대선승리를 기대할 수 없다는 절박감 때문에 충청구애가 높다. 이들은 4·25보선을

충청민심의 척도로 수용하면서 국중당에 구애를 보낼 것이
다. 다른 정당에서도 충청표가 절실하기 때문에 파격적인
조건에 충청표에 구애를 보낼 수밖에 없다. 주가가 높아진
국중당의 선택에 관심이 모아지는 대목이다. 김종필 전 자
민련대표가 국무총리가 되고 몇 사람이 장관을 차지했던
과거의 전철을 밟아서는 안 된다. 충청도 자존심을 깡그리
무시하는 처사이기 때문이다. 선거기간 중 외쳤던 대전의
자존심은 간곳없고 당선사례인사 현수막에는 충청도 자존심
으로 격상되었다. 실소를 금할 수 없다.

초심은 상황변화에 기억조차 찾을 수 없게 만드는 우리
정치풍토가 한심스러울 뿐이다. 정치는 생물과 같아서 이해
관계에 따라서 조석으로 변해 왔던 우리 정치사를 상기할
때 정도의 정치를 기대하는 것은 사치스런 생각인지 모른
다. 분명한 것은 사익이 지역이익을 우선할 때 민중은 용서
하지 않는다는 철칙이 존재한다는 사실이다.

이제 그 누구도 지역민을 팔아 자리를 차지하려 해서는
안 된다는 주민의 준엄한 명령을 외면할 수 없다. 승자나
패자나 함께 손을 잡고 충청발전과 국가발전에 중지를 모
아 최선을 다하는 아름다운 모습을 주민은 기대하고 있음
을 외면하지 말기 바란다.

21세기를 선도할 수 있는 환황해권의 개발을 위해서 충
청도의 역할이 중요함을 잊어서는 안 된다. 지역발전이 국
가발전으로 이어지는 기본이 존중되는 세상이 우리 충청도

에서부터 정착되었으면 한다. 충청권의 많고 많은 현안문제를 논리와 분석을 통한 당위성을 찾아서 정책에 반영하는 데 지혜를 모아야 한다.

공선사후와 국가와 민족을 우선했던 충청선열의 정신을 키우는 일에 앞장서야 한다. 소아적 행위에 안주하거나 만족하지 말고 대아를 위한 큰 걸음을 걸어 후배에 귀감이 되는 충청도 정치인의 탄생을 기대해본다. 재삼 바라건대 자리를 찾아 집권가능성이 높은 정당에 光을 팔려고 기회를 엿보는 일만은 하지 말기를 바란다.

그것은 최소한 충청인의 자존심을 짓밟는 행위가 되기 때문이다. 국중당은 4·25보선에서 국회의원 한 석을 차지한 것을 확대해석하여 자만하는 일이 있어서 안 된다. 당당하게 미래사회의 지역발전을 위해서 초석이 될 수 있는 지역정당으로 거듭나서 역할을 다해야 함을 명심하기 바란다.

(2007.5.9.)

국회의원의 직무유기, 지탄받아야

❋ ❋ ❋

"당장 투자할 수 있는 휴면투자 규모가 5조에 달하고 있으나 국회의원 중 누구
하나 해결하려 하지 않고 있다. 균형개발이란 미명 아래 국가경쟁력을 떨어
트리고 집적효과를 상실하는 정책은 국민 누구도 원치 않는다."

우리 지역의 당면과제가 산적해 있음에도 지역 출신 국회
의원이 불구경하듯 모르쇠로 일관하고 있어 도민의 불만이
하늘을 찌른다. 우리 지역 국회의원들은 공공기관 및 행정수
도이전 등과 관련해서 정부와 갈등을 빚더라도 개선책을 마
련하겠다고 호언했다. 그러던 도내국회의원은 서로 눈치를
보면서 흐르는 시간이 상책임을 침묵으로 설명하고 있다.
형식적으로는 여당의원이 수도권대책위원회를 구성했지만

개점휴업상태이다. 야당의원도 공공기관이전 발표 이후 수도권 사수투쟁위원회를 중심으로 각종 대책을 발표한 것으로 만족하고 있다. 도내 49명의 국회의원은 지역의 현안문제를 국가적 차원에서 고심하고 해결하려는 의지와 노력이 결여됨을 규탄하지 않을 수 없다.

국내 첨단 대기업의 신·증설 허용, 수도권정비계획법개정, 경기북부지역자연 보전권역과 상수원 보호구역문제, 군사시설보호구역해제방안 등을 우선순위로 정해서 시급한 분야에 대한 법률 개정안 제출과 공조시스템을 구축했으나 2개월이 지난 지금까지 손을 놓고 있다.

립서비스와 언론플레이로 일관하고 있는 국회의원에 대해 도관계자는 혀를 찬다. 전국경제인 연합회에서는 수도권에 27조 원 규모의 투자를 계획하고 있으나 각종 규제에 묶여 엄두를 못 내고 있다.

당장 투자할 수 있는 휴면투자 규모가 5조에 달하고 있으나 국회의원 중 누구 하나 해결하려 하지 않고 있다. 균형개발이란 미명 아래 국가경쟁력을 떨어트리고 집적효과를 상실하는 정책은 국민 누구도 원치 않는다.

경기지역 국회의원은 수도권규제개선에 대한 의지를 갖고 합리적인 대안을 제시하는 의정활동을 해야 한다. 유권자는 항상 그들의 활동을 주시하고 있음을 명심하기 바란다.

(2005.7.20.)

예비후보등록, 공명선거를

5 · 31지방자치단체 선거가 앞으로 120일로 다가옴으로
오늘부터 후보자 예비등록이 실시된다. 경기도지사를 비롯
한 전국 16개 광역자치단체장 예비후보는 선관위에 등록을
마친 후 선거사무소를 설치할 수 있게 됐다. 예비후보 등록
자는 유권자에게 명함을 돌리고 e메일을 보내 지지를 호소
할 수 있으며 1회에 한하여 홍보물을 발송할 수 있는 등

제한적인 선거운동을 할 수 있다.

현직 국회의원이 출마할 경우 의원직을 사퇴를 해야 한다. 공직선거법은 선거기간을 크게 제한하여 5월 16부터 17일까지 이틀간 후보등록을 마치고 18일부터 30일까지 13일간 본격적인 선거운동을 하도록 되어 있다.

법적으로 짧은 선거운동 때문에 불법탈법행위가 극성을 부릴 것으로 염려된다. 여야정당의 지지도가 지역에 따라 현저하게 다르므로 특정지역은 특정정당후보가 당선이라는 등식이 성립되므로 치열한 공천경쟁과 선거운동이 예상된다. 잘못된 지자체후보의 정당공천제도병폐는 지구당위원장의 사사로운 이해관계로 인한 파행공천을 우려하지 않을 수 없다.

이럴 경우 유권자가 나서서 낙선시켜 합당한 지역대표를 선출하고 사회정의를 구현하는 일에 앞장서야 한다. 광역이나 기초단체장과 지방의원을 공천함에 있어 전과자 같은 부도덕한 사람은 철저하게 배제시킬 것을 주문한다.

지방자치는 진정으로 주민에게 봉사하는 사람으로 신뢰관계와 인간됨됨이가 중요하다. 과거에 저지른 잘못이라고 관대하게 수용할 경우 지역민의 대표성과 업무수행에 오점을 남기게 된다.

특히 공직선거법 위반자는 모든 정당이 후보공천에 낙천시켜 줄 것을 주문한다. 오직 결과만을 위해서 수단 방법 가리지 않고 불법과 탈법을 자행해서 당선된 사람은 영원

히 경쟁사회에서 추방할 때 사회정의가 바로 서고 공명선
거풍토를 정착시킬 수 있다.

앞으로 4개월을 유권자는 공명선거감시자 역할을 해야
한다. 부정 불법한 행위는 공공의 적으로 국민 모두가 추방
해야 할 당면과제다. 진정으로 지역주민을 위해서 헌신, 봉
사할 수 있는 사람을 선출하는 일에 지금부터 최선을 다해
야 할 때이다.

무례한 도지사 행보

❄ ❄ ❄

"엄동설한 북풍 몰아치는 팽성 벌판에서 미군기지 이전 반대투쟁을 벌이고 있는 시민과 가슴을 맞대고 이야기 한 번 해본 적이 있는가. 밥 굶는 무의탁 노인을 비롯한 노숙자와 식사 한 번 한 일이 있는가."

손학규 경기도지사의 행보가 지사로서 직분을 망각하고 대권행보를 위한 자신의 업적홍보에 도민은 크게 실망하고 있다. 16일 수원시 중소기업센터에서 연두기자회견을 하면서 경기도의 비전을 제시하기보다는 자신의 홍보와 대권야욕을 위한 수단으로 이용했다는 비난이 쏟아졌다.

3년 6개월의 지사재임을 통해서 서민에게 보다 나은 삶의 기회를 제공했으며 나라의 발전을 위해 미래의 인프라를 구축한 소리 없는 혁명을 일궈냈다는 자화자찬의 홍보에 눈살을 찌푸리고 혀를 차게 한다. 이어진 그의 치적소개는 백만 개 일자리 창출, 영어마을 조성, 남북화해를 위한 경작사업, 둘째 자녀 복지지원 등 각종복지사업 등을 성공사업으로 꼽았다.

경기도의 추진사업은 파생된 많은 문제점이 잠재되어 효과를 기대하기 위한 지속적인 도민의 참여와 노력이 필요하다. 시행착오, 사업목표 이하의 효과, 행정범위의 이탈, 도민의 외면은 신뢰행정을 통해서 극복할 수 있는 일이다. 성공적인 행정의 시행은 주민의 신뢰를 받을 때에 기대할 수 있으며 가능해진다.

장황한 말장난으로 평가가 달라지거나 변화될 수 없으며 그것은 도민의 몫으로 남겨둬야 할 일이다. 이제는 시간이 없다. 4개월 남짓한 기간을 孫 지사는 산적한 경기도정사업의 당면과제부터 마무리하는 데 혼신의 노력을 경주해야 한다.

엄동설한에 북풍 몰아치는 팽성 벌판에서 미군기지 이전 반대투쟁을 벌이고 있는 시민과 가슴을 맞대고 이야기 한 번 해본 적이 있는가. 밥 굶는 무의탁 노인을 비롯한 노숙자와 식사 한 번 한 일이 있는가.

빚에 허덕이는 농민을 위해서 고민한 적이 있는가. 수도권규제에 꼼짝 못 하는 중소기업 사주와 머리를 맞대고 논의해본 적이 있는가. 자신을 저평가된 우량주라며 제대로 평가받을 날을 기다린다는 손 지사의 모습을 도민은 어떻게 생각할까 한심하기 짝이 없는 일이다.

  아직 2년 이상 남은 대선을 위해서 현재의 도정을 잘 마무리하면서 고통받는 도민을 찾아가 격려하고 희망을 주는 일이 우선돼야 한다. 시군 순시가 자신의 홍보를 위하고 지역민의 지지기반을 다지기 위한 수단은 페어플레이 정신에 어긋남을 지적한다.

17대 대통령의 당면과제

❊ ❊ ❊

"일터가 절실한 사람들에게도 일할 수 있도록 기회를 만들어주어야 한
다. 자본주의사회에서 경제활동은 가장 중요한 요소임을 상기하기 바란다.
국민 한 사람 한 사람이 성실한 노력으로 성공을 이룰 수 있는 국민성공시대
를 꼭 만들기 바란다."

파란만장한 선거운동을 끝나고 17대 대통령이 탄생되었
다. 역대선거에 비해 정책경쟁은 찾아볼 수 없었고 오직 상
대방을 비방하는 네거티브가 판친 최악의 발악선거운동이었
다. 이합집산과 합종연횡이 판쳤던 선거가 끝나고 잔잔한
물결처럼 자리잡기에는 얼마간의 시간이 필요하다.

이번 선거를 통해서 국민이 내 편 네 편으로 극명하게

갈린 분열과 원망의 대결로 치달은 것이 아쉽다. 이제는 이를 치유하고 하나가되어 앞으로 다 같이 나가야 한다. 과거에 비해 부정과 부패가 사라지고 수준 높은 유권자의 의연한 자세를 높이 평가해야 한다. 우리 국민의 높은 민주의식과 정치적 관심은 국가발전의 긍정적인 신호다.

분명한 것은 승자는 기쁨에 앞서 패자 입장에서 열심히 일하고 기원했던 사람을 위로해주고 포용할 수 있는 아량이 필요한 현실이다. 국민의 기대를 먼저 생각하고 초심을 임기까지 잃지 말아야 한다. 도탄에 빠진 경제를 살리고 국민이 희망과 꿈을 가꾸며 생활할 수 있는 기틀을 만들어야 한다.

병원비가 없어서 고통을 감내하는 사람, 식량이 부족하여 배고픔을 참는 사람이 있다는 현실을 잊지 말기 바란다. 비단 경제적인 문제가 아닌 제도와 사회적 문제의 모순도 파악하여 개선해가야 한다. 먼저 양분된 국민의 갈라진 세력을 하나로 통합시키는 일이 급선무다.

우리 민족의 열정과 적극성이 때로는 심한 마음의 상처를 주어 돌이킬 수 없는 지경에 이르기도 한다. 이번 선거도 그랬다. 이제는 미래를 보고 넓은 가슴으로 포용하고 이해하여야 한다. 경제발전이나 사회 안정도 갈등과 반목의 분열로는 이룰 수 없기 때문이다. 남북, 동서의 갈등에서 계층갈등으로 나누어진 현실을 해결하기 위해서는 문제가 많다. 한민족이 똘똘 뭉쳐도 헤쳐 나가기 어려운 세계화 경쟁에서 분열과 갈등은 낙오의 길임을 인식하여야 할 때다.

사회통합은 공동의 관심사를 이해와 사랑의 마음을 발산시킬 때에 가능하다. 어려운 국민경제를 회생시키는 일도 당면과제다. 백만 명을 넘는 청년실업자에게 일자리를 주고 그들이 꿈과 희망을 갖고 살아갈 수 있게 해주는 일이 시급하다. 지역경제를 살려야 국가경제를 살릴 수 있다. 투자환경조성을 위해 중지를 모아야 한다. 급속한 노령화와 개인주의적 생활은 노인들의 삶을 황폐화시키고 있다.

이들에게도 일할 수 있도록 기회를 만들어주어야 한다. 자본주의사회에서 경제활동은 가장 중요한 요소임을 상기하기 바란다. 국민 한 사람 한 사람이 성실한 노력으로 성공을 이룰 수 있는 국민성공시대를 꼭 만들기 바란다. 각자의 성공은 자신의 소망과 꿈을 이뤄가는 과정에서 무한한 보람과 행복을 느끼며 살아갈 수 있는 지혜이다. 이명박 17대 대통령은 평화롭고 강한 나라를 만들어주기 바란다. 남북관계를 발전시켜 한민족을 통일시킬 수 있는 지름길을 찾는 일에도 충실하여야 한다. 미래의 세계 일류국가에서 참행복을 영위할 수 있도록 만들어야 한다. 특히 경기도가 각종 중복규제에 묶여서 발전할 수 없는 현실에 대해 모든 후보들이 공감했다.

규제를 풀고 철도, 도로 등 사회적 인프라를 구축하는 정책을 우선 실행할 것을 주문한다. 노 대통령이 확대시켜놓은 큰 정부를 작은 정부로 돌려놓는 일도 시급한 일이다. 조직의 최소화는 규제를 완화할 수 있고 국민과 역할을 분배할 수 있다.

상대방 후보의 공약을 검토하여 국가정책으로 수용하는 일도 중요하다. 복지와 통일 분야에서 수용할 내용이 있음도 간과해서는 안 된다. 대통령이 앞장서서 솔선수범하고 최선을 다할 때에 국민통합과 국가발전은 저절로 이루어질 수 있다. 절박했던 선거운동 때를 기억하며 겸손했던 초심을 잃지 말아야 한다.

역대 대통령에 비해 극복하고 해결하여야 할 일이 많은 이명박 17대 대통령의 건강을 빌며 국민으로부터 존경받는 통치자가 되길 바란다. "말씨와 자세에서 대통령할 준비가 안 되었다고" 고백한 노무현의 토로를 거울삼아 실언과 다언을 삼가고 국가원수로 지켜야 할 품위를 유지하기 바란다.

대통령의 사소한 언행도 국민에게 지대한 영향을 미치게 됨을 인식하여야 한다. 성공한 국민은 유능한 대통령과 함께할 때에 가능함을 잊지 말아야 한다. 인수위원 등 새 대통령보좌진들의 사심 없는 참모활동도 공정하고 희생적이어야 한다.

아울러 대통령의 전략적 비전과 결단력이 요구된다. 세계화시대의 새로운 국력증강을 위한 신산업육성과 사회문제해결을 위한 과감한 결단력이 중요하다. 이제 단말마적 행동과 전투적 사고를 버리고 갈등과 분열의 위기를 극복하여 평화와 번영의 세대를 함께 열어가는 성숙한 지도자와 국민이 행복한 조국을 건설해야 할 때다.

(2007.12.19.)

盧, 불굴의 아집

✻ ✻ ✻

"우리는 지금 국제경쟁에서 후퇴조짐, 중산층의 몰락, 희망의 상실, 민중
의 피폐한 삶이라는 현실을 직시할 때에 기자실통폐합을 추진하여 국력을
낭비할 만큼 한가롭지 못하다."

참여정부는 개혁의 미명 아래 파란만장한 갈등과 분열의
정치로 상징되고 있다. 집권 잔여기간 2백여 일을 남겨놓고
마지막 할 일이라며 정부의 기자실통폐합을 강행하려 하면
서 정쟁의 한가운데서서 사투를 벌이고 있다. 우리는 지금
국제경쟁에서 후퇴조짐, 중산층의 몰락, 희망의 상실, 민중
의 피폐한 삶이라는 현실을 직시할 때에 기자실통폐합을
추진하여 국력을 낭비할 만큼 한가롭지 못하다.

노 대통령을 정치인 싸움닭의 대표주자로 표현할 만하다. 그러나 싸움에도 우선순위가 있으며 룰과 타이밍이 있다. 끼니 걱정, 빚 걱정, 취업을 위해 몸부림치는 서민대중의 고통을 왜 그리 철저하게 외면하는지 모를 일이다. 야당 대선후보예비주자의 주장을 비판하면서 기득권세력을 적으로 생각하듯 종부세를 내리는 것은 4%를 위한 대통령이 되겠느냐고 몰아붙였다.

적과 동지의 이분적인 사고가 그대로 노출된 것이다. 국가통치자는 1% 아닌 단 한 사람의 국민에 대한 권리와 행복을 위해서 노력해야 하는 존재다. 인민 재판하듯 다수결의 단순논리를 적용하려는 어리석은 사고는 국민을 불행하게 만들 뿐이다. 친북좌파니, 수구꼴통보수니 하면서 반목해서는 안 된다.

2003년 2월 25일 취임사를 한 후 대통령 노릇 못 해 먹겠다며 국민을 우롱했다. 2004년 3월 12일 탄핵열풍은 친노세력의 결집과 국민의 감정을 식상하게 하여 소수여당을 원내 제1당으로 올려놓는 데 성공했다. 감정의 정치는 저질 국회의원을 선출케 하여 혼란과 정쟁을 지속시켜 왔으며 국가발전을 얼마나 가로막았는가를 생각해야 한다.

2007년 5월 2일 "정치, 이렇게 해서 안 된다"라는 기고문에서 기본, 원칙, 대의가 없다고 현실정치를 비난하며 정당, 가치, 노선이 중요하다고 강조했다. 세상을 자신이 보는 주관적이고 감정적인 기준이 아닌 진실, 보편, 공공, 중립, 정의의 기준으로 보아야 한다. 자신의 의견과 반하는 것은 비판하면서 자신의 비판을 수용 못 함은 민주사회에서 살기 힘든 사람이다.

느닷없이 개헌을 한다고 밀어붙이다가 국민여론에 밀려 쓰디쓴 뒷맛을 남긴 채 끝났다. 며칠 전 친노세력의 결집체인 참정포럼에서 노 대통령은 자화자찬으로 일관된 연설을 당초 1시간을 넘어 네 시간 동안 이어지는 진풍경을 연출했다. 아무리 사사롭고 작은 모임이라도 계획이 있고 질서가 있기 마련이다. 그것도 인터넷 언론매체가 전 국민을 상대로 생중계하는 마당에서, 기막힐 노릇이다.

모임지지자들만의 잔치라지만 이해할 수 없는 작태다. "그놈의 헌법이 토론을 못 하게 해서"라며 헌법 멸시발언을 서슴지 않았다. 헌법정신의 신성성을 깡그리 무시한 말을 국민은 어떻게 받아들일지 걱정스럽다. 한 나라의 지도자는 미래를 보면서 국민 복리와 국가발전을 위해서 심사숙고하는 자질이 필요하며 국민에게 희망을 주는 비전을 제시하여야 한다.

노 대통령한테 이를 기대하기에는 너무 어리석은 일인지 모른다. 제1야당의 유력한 대선후보자 2명에 대한 정책제시를 인신모독에 가까운 폭언으로 일갈할 수 있겠는가? 말을 잘 한다는 것은 누가누구한테 하느냐의 기준이 중요하지 변명과 다변을 의미하는 것은 아니다. 노 대통령은 그동안 추진한 국책사업을 충실히 마무리하면서 고통받는 민중의 팍팍하고 고달픈 삶을 더 이상 외면하지 말아야 한다. 이것은 국민에 대한 마지막, 최소한의 예의이며 의무임을 강조한다. 대의를 거스르면서 레임덕현상을 극복하고 친노세력을 결집하는 것이 후일 노 대통령에게 득이 될지는 아무도 모르나 이로 인한 국민의 고통이 크다는 사실을 인식하기 바란다.

노 대통령은 언론이 마지막 남은 기득권으로 개혁과제라며 날을 세우고 있는데 이를 악용하여 임기 말 정국주도로 레임덕을 방지하고 친노세력의 재집결을 시도하며 궁극적으로 노무현 신당노림수라면 일찌감치 걷어치울 것을 권유한다.

국가통치자는 어느 특정집단의 리더가 아니라 국가와 국민을 이끌고 가는 통합의 지도력을 지녀야 함을 인식하기 바란다. 분열과 갈등의 확대 재생산은 특정개인의 감정치유와 집단이익은 될 수 있을지 모르나 국가발전에 전혀 도움이 되지 않음은 물론이다. 민주주의 현실가치는 다양성의 존중을 통한 인권구현과 자아실현에 있다.

이를 위해 국가통치자는 항상 노력해야 한다. 노 대통령은 타락한 민주투사의 옹고집이 악랄한 독재자의 횡포보다 더 큰 패악과 두려움임을 입증할 필요가 없음을 인식하기 바란다. 盧 대통령은 남은 임기 동안 고통받는 민중을 위해서 진정으로 위로하며 비전과 희망의 메시지를 전하는 일에 충실하기 바란다.

(2007.6.7.)

국가경쟁력과 수도권규제

❋ ❋ ❋

"지역이기주의와 정치논리로 국가를 경영할 때 세계경쟁에서 뒤떨어질 수밖에 없다는 사실을 간과해서는 안 된다. 국제경쟁력의 다양한 승리요 인을 정책에 반영하는 일이 우선이다."

치열한 무한경쟁만이 존재하는 세계화시대에 수도권규제 정책은 낙후정책의 상징이 되어 왔다. 급기야는 국내 경제 원로 2백 명이 한국선진화포럼에서 수도권규제완화를 긴급 제안하고 나섰다. 행정중심도시건설 확정에 따라 우려되고 있는 空洞化 문제를 해결하기 위해서도 수도권규제는 풀어 야 마땅하다.

그동안 수도권 비대화와 지방 균형발전 논리를 내세워 규제로 일관해 왔는데 이제는 더 이상 미뤄서는 안 된다. 경제문제를 정치논리로 해결하려는 발상은 국제경쟁에서 패할 수밖에 없음은 주지의 사실이다.

　정부부처 이전으로 과천을 비롯한 수도권의 인구감소와 기능대체 방법의 하나로 수도권 공장신설을 외국인허용 수준으로 완화하라는 경제원로의 주장은 타당성이 있다. 충청, 영, 호남지방의 반발이 예상되나 거국적인 측면에서 과감하게 추진돼야 한다. 나아가 모든 수도권규제 해제를 적극 추진할 것을 주문한다.

　이런 주장을 수도권종합발전대책 마련에 반영함은 물론 즉시 수도권 공장 신증설의 전면허용과 지원방안을 마련해야 함을 강조한다. 지역이기주의와 정치논리로 국가를 경영할 때 세계경쟁에서 뒤떨어질 수밖에 없다는 사실을 간과해서는 안 된다. 국제경쟁력의 다양한 승리요인을 정책에 반영하는 일이 우선이다.

　수도권은 경쟁에서 유리한 다기능과 생산, 유통, 소비의 인프라가 충분히 갖춰진 곳이기 때문이다. 지역발전은 특성화 개발에 의한 경쟁우위를 찾아 차등개발하는 것이 바람직하지, 균형이라는 미명으로 획일적인 분산정책은 공멸을 불러올 수 있음을 지적한다.

　장래를 생각하는 개발철학을 우선 정립하고 지역문화와 공장유치를 동시에 추진하는 지방발전방안 모색을 권한다.

경제, 문화, 정치를 지역균형발전을 명분으로 획일화와 균
등화하려는 사고는 국제경쟁을 약화시키므로 지양해야 할
일이다.

　모든 지역이 공장을 유치하고 고용을 창출하려는 성급함
을 재고하여 미래를 예측하고 여건을 고려한 특성화전략을
수도권종합발전대책에 반영하길 바란다.

부실공천심사 안 된다

❋ ❋ ❋

"아무리 시간에 쫓기고 서류가 많아도 철저한 검증을 거쳐서 인격과 자질을 갖춘 사람을 공천할 것을 강력히 주장한다. 만약에 선거법을 위반한 사람, 부정부패에 연루된 사람, 형법법규를 위반한 사람을 공천한다면 유권자의 심판을 받아 낙선은 물론이며 정당에 대한 지지가 급락할 것임을 경고한다."

지자체의 부정부패의 심화는 단체장과 지방의원의 자질문제에서 비롯돼 이번 선거는 자질과 능력이 결여된 후보자는 절대로 안 된다는 중론이다. 여야의 투명하고 공정한 공천이 요구되는 이유가 여기에 있다. 그러나 현실적으로 5·31지방선거 후보자공천심사가 부실로 이어질 우려가 높아져 걱정이다.

공천심사 예비후보자가 제출하는 서류가 무려 10만 장이 넘기 때문이다. 1천2백여 명이 몰린 한나라당의 경기도당은 후보자가 제출한 서류를 컴퓨터에 입력하는 작업도 만만치 않으며 막대한 서류분량을 13명의 공천심사위원들이 심사하기에는 현실적으로 무리가 따른다.

열린우리당은 21가지에 달하는 서류를, 한나라당은 18개에 달하는 서류를 심사해야 하는 실정이다. 직계존비속과 재산이 많을수록 제출서류가 늘어나게 된다. 공천신청자는 최소 30쪽에서 최대 70쪽 분량의 서류를 제출했다.

지난 3일 공천서류접수를 마감한 한나라당은 부족한 보완서류를 제출하느라 부산하다. 한나라당 경기도당은 모든 항목 앞에 요약서인 현황서를 붙이도록 해 잘못하면 대략적인 서류를 보고 공천할 위험성이 커 부실공천이 우려된다. 또한 중앙당에선 여당은 '지방선거 심판을' 야당은 '참여정부심판을' 선거쟁점으로 삼으려 한다. 안 될 말이다.

지방자치는 지역주민이 선택할 문제이지 중앙당의 정치놀음에 놀아나거나 희생돼서는 안 된다. 중앙당은 잘못된 지자체공천 제도를 악용해서 이중삼중으로 주민에게 피해를 줘서는 안 됨을 명심하기 바란다. 여야는 지방자치발전을 위해 공공성이 높은 정직하고 헌신봉사할 수 있는 사람을 공천해야 한다.

아무리 시간에 쫓기고 서류가 많아도 철저한 검증을 거

쳐서 인격과 자질을 갖춘 사람을 공천할 것을 강력히 주장한다. 만약에 선거법을 위반한 사람, 부정부패에 연루된 사람, 형벌법규를 위반한 사람을 공천한다면 유권자의 심판을 받아 낙선은 물론이며 정당에 대한 지지가 급락할 것임을 경고한다.

공정하고 성숙한 지방선거로 우리의 지방자치를 발전시켜 갈 때가 됐음을 인식하여 지역민이 바라는 후보자를 공천하기 바란다. 공정하고 정당한 공천만이 정당과 후보자가 살고 지역을 발전시켜 갈 수 있다.

지방공기업 낙하산인사 근절을

❋ ❋ ❋

"시장경영성과 계약제 및 시장 평가 제도를 도입하고 경영평가 제도를
공기업혁신수단으로 활용한다. 공기업사장은 상반기 중 단체장과 경영성과
계약을 체결하게 되는데 여기에 경영성과, 연봉, 성과상여금 차등지급, 연
임보장과 임기중해임 등 인사조치사항을 포함시켰다."

지방공기업은 단체장 선거의 논공행상에 따른 보상적 성
격으로 비합리적인 인사와 부실경영으로 일관해 왔다. 책임
경영을 기대할 수 없는 철 밥통과 낙하산인사의 대명사로
획기적인 개혁이 요구된다. 행자부는 지방공기업에 대한 낙
하산인사를 사실상 하지 못하도록 제도화를 추진하고 있어
다행스럽다.

지방공기업에 비전문가, 자질부족 등 문제가 많은 사람이 단지 단체장 선거운동원이란 이유로 임직원이 되었다. 글로벌 시대에 인맥으로 자질과 능력이 부족한 사람을 부당하게 채용하므로 직원들의 불평 속에 적자기업으로 상징되어 각종 부조리를 유발시켜 왔다.

임원진은 경영성과와 무관하게 임명권자인 단체장 비위만 맞추면 된다는 사고가 팽배해 있어 경영부실을 야기했다. 이런 문제를 극복하기 위해서 행정차치부에서는 지방공기업 조직과 운영에 시장경쟁원리를 적용하는 2006년 지방공기업경영혁신 추진계획을 발표했다.

시장 경영성과 계약제 및 시장 평가 제도를 도입하고 경영평가 제도를 공기업혁신수단으로 활용한다. 공기업사장은 상반기 중 단체장과 경영성과 계약을 체결하게 되는데 여기에 경영성과, 연봉, 성과상여금 차등지급, 연임보장과 임기중해임 등 인사조치사항을 포함시켰다. 사장 평가 제도를 도입하여 인센티브 판단근거로 활용할 방침이다.

자율책임경영체제, 저비용 고효율조직구조개선, 선진적 기업경영 문화도입, 혁신활동상시화, 경영평가제도 내실화 등 혁신사항을 적극 추진해가기로 했다. 행자부는 지자체의 조례 등 제 규정과 관행을 정비해 고질적 모순개선에 나선다. 문제는 제도보다 임명권자와 구성원의 자질이 중요하다.

아무리 제도가 좋아도 운영하는 사람에게 문제가 있으면 성과를 기대할 수 없다. 임직원의 자의성과 주관성을 줄이고 객관성, 공공성, 효율성을 높일 수 있는 평가기준과 실책, 성과에 대해 책임을 지는 변상제도를 강화하는 부분을 엄격하게 관리해갈 것을 주문한다.

경영은 자기 마음대로 하고 결과에 대해서는 책임을 지지 않았던 무책임성을 근절시키고 무한책임을 부여하는 제도와 조례개정 등을 하루속히 이행해가길 촉구한다. 퇴임 후에도 손해와 과실에 대하여는 무한책임을 지는 제도개선을 요구한다.

진정한 충청인의 자존심은

※ ※ ※

"끝없는 노욕과 자신이 아니면 안 된다는 오만함을 가진 사람은 결코 충청도 자존심을 거론할 자격이 없다. 그것은 선열을 욕되게 하는 꼴이 되며 지역을 그릇되게 하기 때문이다."

노 대통령이 열린우리당 탈당을 선언하고 대선정국이 뜨겁게 달아오르는 요동치는 사회적 분위기 속에 4·25보궐선거일이 가까워지고 있다. 예비후보자마다 표심을 잡으려 안달하는 모습에 우리 정치문화의 수준을 읽을 수 있게 한다.

평소와는 거리를 둔 채 주민을 무시하고 거만을 떨던 사람이 노인정을 찾고 사회복지관을 누비며 봉사활동을 한다고 언론플레이에 열을 올린다. 인간의 양면성을 자명하게 들어내고 있는 현실이 얼굴을 창피하게 만든다. 진정한 자원봉사는 일상생활 속에서 습관적으로 생활화된 행위임은 설명이 필요가 없다.

위선과 거짓으로 어떤 목적을 위해서 일시적으로 하는 행위는 비난받아 마땅한 반봉사정신이다. 지역 국회의원은 지역의 현안을 중앙정치에 반영시켜서 지역발전이 곧 국가발전이 될 수 있게 하는 역할을 한다. 지역의 연고성이 중시되는 이유가 여기에 있다. 지역출신 국회의원은 누구보다 지역에 대한 역사와 사정을 잘 알고 애정이 강하기 때문이다.

선거 때가 되면 충청도 자존심을 내세우며 표를 구걸하는 작태는 이제 끝나야 한다. 충청도는 역사적으로 자신을 희생해서 국가와 민족을 구하고 지역을 지켜 왔다. 이순신 장군, 김좌진 장군, 이봉창 열사. 안중근 의사, 유관순 열사가 그러하다. 이분들은 자신의 사리사욕을 찾아볼 수 없고 목숨까지 바치면서 조국을 위해 순국했다.

민족과 조국을 위해 사심 없이 희생하는 애국, 애족정신이 진정한 충청도의 자존심이다. 충청도 자존심은 요즘 정치판에서 지역감정을 자극하고 소아주의와 소영웅주의에 빠진 사람들이 함부로 내뱉는 말이 아니다. 정의와 의리를 생명처럼 존중하며 후손에 귀감이 되고 국가발전에 헌신한 사람만이 충청도 자존심을 지킬 수 있다.

끝없는 노욕과 자신이 아니면 안 된다는 오만함을 가진

사람은 결코 충청도 자존심을 거론할 자격이 없다. 그것은 선열을 욕되게 하는 꼴이 되며 지역을 그릇되게 하기 때문이다. 내년도 대선전초전이라 일컬으면서 이전투구가 예상되는 대전 서구 을(乙)보선에서 진정으로 지역성을 대표하고 정치력이 있고 패기 넘치는 청렴한 후보를 선출할 때 충청도의 자존심을 지킬 수 있다.

지난 지방선거 때 표를 얻기 위해 종교마저 하루아침에 바꾼 파렴치한 후보자를 뽑는 우를 다시는 범해서는 안 된다. 우국충정의 가치와 장유유서의 질서를 중시하여 인간미가 넘쳐 살맛 나는 충청도를 만들기 위해서 이 땅에 위선과 독선이 통하지 못하는 사회기풍을 만들어가는 일이 중요하다.

정직과 진실이 살아 숨 쉬는 아름다운 충청인의 마음을 훼손시키거나 악용하려 할 때 지역민의 엄청난 저항을 받게 될 것을 엄중히 경고한다. 자라나는 청소년에게 진정한 충청도의 의리와 정의구현을 통한 자기희생과 헌신이 충청도의 자존심임을 인식시켜 줘야 할 때다. 이에 반하는 행위를 근절시키기 위한 범시민운동을 벌일 것을 제안한다.

신의와 사랑이 넘치고 진실과 정의를 존중하는 충청인의 자존심은 영원한 인류의 가치임을 강조한다. 이제 우리도 좀더 성숙한 충청인이 되어 지역과 국가를 위해 기여할 줄 아는 사람이 되어야 한다. 존경받는 선배가 되어 모범을 보이고 헌신하는 아름다운 모습을 보여주기 위한 자기성찰이 절실하다.

후배는 선배의 후광을 받아 한 단계 발전하는 정겨움이 우리 충청도에서부터 출발했으면 한다. 현실적으로 정치집단으로부터 외면받고 이용만 당하는 충청도에서 인재를 찾아 격려해주고 용기를 북돋아주는 현명함이 요구되는 때이다.

물론 온전한 인격자를 기대하기는 어렵지만 파렴치한 행동을 좌시해서는 안 된다. 마키아벨리(Niccolo Machiavelli)의 "인간에게 덕과 부귀가 공존하는 경우는 드물다."라는 명언을 새롭게라도 쓰고 싶다는 듯 날뛰는 모습에 연민의 정을 느끼게 함은 넉넉한 충청인의 여유로움과 과대함일까.

더불어 살아가는 청풍명월의 고장 충청의 자존심을 선거를 통해서 확인하고 싶다.

(2007.3.12.)

오기의 리더십

❋ ❋ ❋

"21세기국가통치자의 리더십은 포용과 화합을 이루는 상생의 지혜가 발
현되는 것을 필요로 하고 있다는 사실을 명심하기 바란다. 다시는 자신이
없으면 나라가 조용하다는 식의 식언과 사고를 삼가며 남은 임기 동안 갈등
해소와 국민통합에 최선을 다하기 바란다."

노무현 대통령은 분란과 갈등의 확대생산주역으로 한가운
데에 서 있다. 사립학교 법 개정 강행처리로 제1야당과 대
화가 단절되었고 8·31일부동산법제정은 기층민중의 삶을
더욱 어렵게 만들어가고 있다. 자기 사람 심기의 오기는 도
를 넘어 파행의 불을 지폈다.

여당의 강한 반대를 무릅쓰고 유시민의원을 복건복지부장

관에 내정했고 여당을 심리적 분당상태에 빠트렸다. 물론 개혁은 시대정신이며 발전을 위한 필수적인 수단이지만 이것이 독단과 오기로 흐를 때 그 피해는 고스란히 국민의 몫이 된다.

사회구성원 모두를 만족시킬 수 있는 정책은 없으나 다수국민의 의견을 존중해서 정책을 집행하는 합리성이 절실하다. 여론조사결과 사학법 개정을 국민의 과반수가 찬성함에도 야당이 국회를 버리고 길거리로 뛰어나간 것은 통치자의 리더십 부재이다. 충분한 대화로 문제점을 극복할 수 있는 대안을 찾아 타협을 이뤘어야 했다.

8·31부동산정책도 국민 대다수가 찬성하는 정책이다. 그러나 예외규정과 경과규정을 두어 선의의 피해 보는 사람이 없도록 해야 했다. 있는 사람에게 세금 따위는 관심도 없다. 문제는 가진 것 없는 서민들이다.

서민들은 자식을 결혼시키거나 부모님을 치료할 때 많은 돈이 들면 집을 팔아 작은 집으로 이사를 가며 돈을 융통해서 사용했다. 형편이 나아지면 큰 집으로 다시 이사 오는 것이 일상적인 삶의 양태다.

농민의 경우 목돈이 필요하면 논밭을 팔아서 자금을 마련해서 사용해 왔는데 이를 불가능하게 막아버렸다. 빈대 잡으려다 초가삼간 태운 격이다. 유시민보건복지부장관의 임명은 오기정치의 극치를 들어냈다. 여당의 강한 반발에도 아랑곳없이 밀어붙이자 급기야 청와대 만찬까지 여당의원은 거부했다.

오기를 즐기고 있는지 모르나 국가와 국민에게 더 이상의 피해를 줘서는 안 된다. 21세기국가통치자의 리더십은 포용과 화합을 이루는 상생의 지혜가 발현되는 것을 필요로 하고 있다는 사실을 명심하기 바란다. 다시는 자신이 없으면 나라가 조용하다는 식의 발언과 사고를 삼가며 남은 임기 동안 갈등해소와 국민통합에 최선을 다하기 바란다.

지자체, 직무유기 심하다

❋ ❋ ❋

"시민들의 미성숙한 의식과 정착하지 못한 질서의식이 본질적 원인이지
만 행정기관의 단속을 지속화할 때 문제를 해결해나갈 수 있다."

지방자치단체가 내년 지방선거를 의식해 생활 질서 단속
고유업무를 방치하고 있어 시민불평이 들끓고 있다. 전철역
부근, 상가 앞, 공영주차장 옆, 천변도로가 불법주정차로 몸
살을 앓고 있기 때문이다. 심한 교통정체로 통행이 어렵고
사고위험마저 높은 실정이다. 마구 버려대는 쓰레기로 악취
에 시달리며 질병 발생까지 우려된다. 그러나 행정당국은
예전처럼 단속을 하지 않으면서 인력부족을 탓한다.

수원, 안양, 군포지역의 단속방치는 직무유기에 가깝다. 주차비가 아까워서 불법주차를 하는 시민도 있지만 느슨한 단속이 불법주차를 부추기는 꼴이 된 셈이다. 시민들의 미성숙한 의식과 정착하지 못한 질서의식이 본질적 원인이지만 행정기관의 단속을 지속화할 때 문제를 해결해나갈 수 있다.

경기불황과 시민편의를 생각하고 내년 선거에서 표심을 얻어 보겠다는 단체장의 얄팍한 생각이 빚은 결과다. 행정서비스는 모든 사람에게 편의와 도움을 주는 공익성의 원칙이 우선 존중돼야 한다. 왜곡된 행정결과는 시민에게 되돌아가 손해가 되고 피해가 됨을 인식하기 바란다.

시민의 기초질서관리마저 못 하는 사람이 단체장이 되는 것은 문제가 있다. 성숙한 시민은 지자체의 직무유기를 비판하고 낙선운동에 참여한다는 사실을 인식하기 바란다. 시민단체에서 기초질서 방치와 유기사례를 조사하여 이를 공포하므로 단체장의 자질을 검증하는 방법으로 활용할 것을 제안한다.

선거와 무관하게 시민생활에 불편을 주는 일은 신속하게 처리돼야 마땅하다. 어리석은 사람은 시민편의라는 미명으로 직무를 유기하므로 불편을 가중시키고 있다. 기초질서는 시민 모두가 지키고 행정기관에서 계도와 단속을 병행하여 생활 속에 정착시켜 가야 할 문제지 선심행정과 무관함을 강조한다.

내년 선거에서 직무유기 단체장을 대상으로 낙선운동과 함께 행정집행능력평가를 공개하는 방안도 검토해볼 만하다. 지자체의 철저한 기초질서관리를 촉구하며 성숙한 시민의식 발로를 기대한다. 질서와 청결은 최소한의 우리 삶을 영위케 해주는 기본요소임을 강조한다.

말잔치로 끝나는 지방혁신

❀ ❀ ❀

"분권은 제도나 시스템, 국민의식의 변화가 없어 전혀 이루어지지 않은 채 말뿐이다. 그러나 현 정권은 실체가 없는 지방분권과 균형발전을 중요정책으로 계속 강조하고 있을 뿐이다. 한마디로 지방분권은 열매는커녕 실패로 끝나가고 있는 분위기다."

말도 많고 탈도 많은 16대 노무현 정권의 임기가 저물어가고 있다. 노 대통령은 얼마 전에도 지역혁신박람회에서 참여정부는 정책과 예산 모두를 지방을 먼저 고려하고 있다고 강조했다. 제주도의 혁신도시착공현장에서 한 말이다. 마치 지방분권이 성공이나 이룬 것 같은 착각 속에 지역문제를 이야기하는 모습이 한심스럽다.

분권은 제도나 시스템, 국민의식의 변화가 없어 전혀 이루어지지 않은 채 말뿐이다. 그러나 현 정권은 실체가 없는 지방분권과 균형발전을 중요정책으로 계속 강조하고 있을 뿐이다. 한마디로 지방분권은 열매는커녕 실패로 끝나가고 있는 분위기다.

전국을 골고루 잘 살게 하기 위해서 혁신도시를 개발한다고 발표하여 전국의 부동산값만 올려놓았다. 지리적, 사회적인 현실여건과 상황을 무시하고 지방세를 깎아준다고 이전할 수 있는 기업체가 얼마나 있겠는가. 노무현 정권은 행정도시 터를 닦고 공기업들로부터 지방이전 계획서를 작성하도록 한 것이 전부이다.

과연 정부부처가 행정도시와 공기업이 지방으로 내려오면 지역균형발전에 도움이 되겠지만 국가발전에 얼마나 기여할 수 있을지를 따져 보아야 함은 정책결정 전의 기본이다. 관련자들의 이해관계와 현실적 여건을 극복하기에는 한계가 있는 혁신을 장기적으로 생각해야 한다.

실패한 정책이나 예측잘못에 의한 손실은 온전히 국민 부담으로 돌아가기 마련이다. 진정한 분권은 제도와 법률의 보호가 우선되어야 한다. 지방으로 공기업 하나 내려온다고 분권발전을 기대할 수 없다. 지방여건에 부합하는 국가시책 사업은 정치권의 이해관계가 얽혀서 해결하지 못하거나 이상한 방향으로 추진되고 있다.

자기부상열차, 로봇 랜드, 첨단의료복합단지 등 국책사업

유치를 놓고 지자체 간의 경쟁이 눈물겹다. 수백억 원이 지원되는 국책사업에 1조 원을 투자하겠다는 지자체도 있다. 한심한 일이다. 잘못된 재정배분구조를 개선하는 일이 우선돼야 한다.

내년도에 국민이 내야 할 세금이 210조 원이다. 이 중 80%는 중앙정부로 들어가는 국세다. 지방세는 20%에 불과하다. 아직도 중앙정부는 예산을 갖고 지방을 통제하려 하고 다양한 방법으로 목을 조이고 있다.

지자체의 당면한 과제도 예산 없이는 불가능하며 개발의 실천은 예산이 수반되어야 한다. 선거용으로 지역선심용으로 공약으로만 그치며 시늉만 내고 변경하여 낭비하는 혈세가 수천억 원에 이르고 있다. 국민의 철저한 감시감독이 요구된다. 노 정권은 중앙도, 지방도 아닌 개발철학의 빈곤과 미래비전부재로 시간과 예산의 낭비만을 남겨준 결과를 초래했다.

편견적 판단과 아집의 권력자로 평가받을 수밖에 없는 현실이 안타깝다. 몇 개월 안 남은 임기에 일을 벌이지 말고 정리하고 매듭짓는 정책을 추진해가는 것이 국민과 지역민에 대한 최소한의 예의임을 강조한다. 건전 지방재정 확보를 위한 제도개선이 우선되어야 함을 재삼 강조한다.

국세의 40% 이상을 지방세로 전환하고 재정자립과 합리적인 운영을 위한 중앙정부의 지원과 관리가 필요하다. 행자부가 얼마 전 지방세비중을 높이기 위하여 지방소비세나 지방특소세를 신설하겠다고 밝혔다. 이중과세와 중과세논란에 과연 실천할지 의문이다.

지방혁신은 재정수반이 필수적이며 이에 필요한 재정을 확보할 수 있어야 한다. 지방 재정확충을 위해서 세원의 터전을 만들고 확대시켜 가는 노력을 기울여야 한다. 은폐되거나 탈루하여 잘못된 세원이 발생하지 않도록 투명한 세원발굴에 힘써야 한다. 재원창출을 위한 지방기업의 유치와 확대를 위한 종합적이고 통합적인 시스템을 만드는 일도 중요하다.

지방재정의 확대와 건전화를 이루고 지방재정여건을 극대화시킬 수 있는 차원에서 지방혁신을 재검토하여 다시 추진되어야 한다. 말로는 지역균형을 위한 정부기관의 전국분산이지만 현실적으로는 교통, 인구구조, 산업여건, 지역특성 등 많은 문제가 있어 이의 해결을 위한 다각적인 노력이 선행돼야 한다.

지방을 발전시킬 수 있는 사회구조를 개선하고 지방여건에 맞는 기업체를 유치하고 지역자원을 활용할 수 있는 공간을 개발하여야 한다. 집적, 집중과 분산의 효과를 예측분석하여 필요효과가 큰 것을 선택하는 일이 중요하다.

지역특성과 여건을 무시한 획일성은 금물이다. 현실적으로 효과를 기대할 수 있는 실질적인 지방혁신은 다음 정권에서도 고민하여야 할 장기과제임을 인식하기 바란다.

(2007.9.27.)

마무리를 잘 해야

❀ ❀ ❀

"규제철폐를 외쳤지만 기업하기 가장 힘든 나라로 평가받고 있다. 맥킨지 보고서는 세계의 C.E.O들을 대상으로 조사한 결과 한국을 반(反)기업정서가 가장 심한 나라라고 평가하고 있다. 기업들은 생존의 몸부림을 치며 해외로 이전을 서둘렀고 국내는 백만 청년실업자들이 빈둥대고 있다."

추위는 다가오고 없는 사람의 삶의 고통은 무게를 더해 가건만 정치권은 아랑곳없다. 경제, 정치, 사회를 엉망으로 만들어놓고도 대한민국은 어디에도 빨간불이 켜진 곳이 없 다는 노무현 대통령의 주장이다. 현실분석과 직시가 현실과 너무 거리가 멀다.

취임 초기에는 대통령 못 해 먹겠다고 하더니 임기 말에는 임기를 못 채우는 최초의 대통령을 운운하며 국민을 조롱하고 국정을 희롱하고 있다. 대통령직의 완수는 헌정질서의 책임으로 이를 회피할 수 없는 최소한의 의무이며 책임이다. 국민지지율 8%대의 여당마저 등을 돌린다고 대통령직을 포기할 수 없다.

혼란의 발언을 한 며칠 후엔 호남지역을 방문하여 임기 초기에나 할 법한 개발청사진을 내놓았다. 자신이 창당한 열린우리당의 해산을 중심에서서 막으려는 오락가락하는 지도자의 모습에 연민의 정을 느끼게 한다. 열린우리당 해체와 신당필요성을 제기한 당의장과 정면반대발언으로 감정은 더욱 악화되고 있다.

노 대통령에게 국가경제와 국민갈등과 조직기능의 왜곡을 심화시킨 책임을 역사가 물을 것이다. 문제는 이로 인한 민중의 고통과 국가발전의 정체가 너무 심하다는 데 있다. 반성이나 수정을 기대할 수 있는 시간이 아니다. 더 이상의 실정을 하지 않도록 마무리를 조용하고 합리적으로 정리해 가야 한다.

여야의 협력을 얻어 국민의 지지와 신뢰를 얻을 수 있는 최선의 노력을 기울여야 할 때에 도피를 생각하는 대통령에게 국민의 기대와 희망은 없다. 현 정부에서 산업자원부 장관을 지낸 여당의 모 의원은 우리나라의 경제상황을 저성장, 민생피폐, 국가권위체제상실, 북핵 위기로 덫에 빠져 신음한다고 진단했다. 한국경제의 성장잠재력은 6.3%인데

4%의 저성장 늪에서 헤어나지 못하고 있다.

규제철폐를 외쳤지만 기업하기 가장 힘든 나라로 평가받고 있다. 맥킨지 보고서는 세계의 C.E.O들을 대상으로 조사한 결과 한국을 반(反)기업정서가 가장 심한 나라라고 평가하고 있다. 기업들은 생존의 몸부림을 치며 해외로 이전을 서둘렀고 국내는 백만 청년실업자들이 빈둥대고 있다.

악화된 국내경제는 고용창출을 할 수 없고 민중의 생활은 곤궁해질 수밖에 없는 상황에 대한 책임은 현 정권에 있음을 인식하기 바란다. 우리 국민의 70% 이상이 재래유통시장, 중소기업, 단순서비스, 농업종사자들로 이들의 신음과 고통소리를 그리도 철저하게 외면하는 이유가 무엇인가를 묻고 싶다.

샌드위치처럼 되어버린 한국의 국제상황과 정치난마, 경제퇴보, 아노미사회, 문화실종을 누가 만들었는가의 원인을 분석해야 한다. 정권창출에 기여한 선거꾼들의 비전문가 패거리집단을 등용한 결과로 볼 수밖에 없다. 노무현은 자신이 창당한 여당의 분당에 대한 미련을 버리고 여야와 협력하여 남은 임기의 국정에 최선을 다하는 마지막 성의를 보여야 한다.

1997년 대선 때에 장관을 비롯한 관료가 정치파동에 휘말려 외환위기를 자초했던 사례의 교훈을 상기해야 한다. 새뮤얼 헌팅턴 하버드대 교수는 검약, 투자, 근면, 교육열, 조직기강, 인내와 도전정신이 국가발전을 시켰다고 성공사례로 한국을 이야기하고 있는데 지금은 과거의 추억으로 남겨둘 수밖에 없는 현실이다.

노무현은 탈당시사발언을 하고 결별수순을 밟기에 앞서 추위에 떠는 민중을 생각하는 고민을 먼저 해야 한다. 열린우리당은 합리적 결별을 모색할 때라고 한다. 결별은 결별이지 합리적 결별은 또 무엇인가, 정치인의 언어오염과 말장난 같은 현실진단을 탈피하여 오늘의 현실을 직시하기 바란다. O.E.C.D.가 예측한 2007년도 한국의 경제성장률은 4.4%이다. 지금 같아서는 이마저 어렵지 않겠는가.

자선냄비 소리가 걸음을 멈추게 할 때에 호주머니에 버스토큰 하나뿐인 서민들의 마음을 진정으로 위로하는 사회가 됐으면 한다. 낙엽을 떨어뜨린 나목은 새봄의 꿈을 키워가기에 추위를 극복할 수 있듯 우리의 후진정치와 아노미 사회를 회복하기에 더 많은 인내의 시간이 필요하다.

우리는 겨울나무의 숨결에서 꿈을 찾아야 한다. 새로운 도약과 신뢰사회, 능력과 자본가가 존중받고 기업인이 대우받는 자유로운 경쟁을 통해 형성된 계층의 당위성을 부인하지 않는 사회건설이 절실하다. 고도성장과 상생의 미덕으로 세계화시대를 역행하는 집단과 왜곡된 가치를 바로잡아 사회정의를 구현해야 한다.

한 매듭의 성숙을 위해 고통의 마무리가 아닌 여유와 자애의 심성이 요구된다. 사랑과 포용의 채널은 용서에 있다. 정치 불신과 계층 간의 갈등을 한 해가 가기 전에 용해시키려는 넉넉한 마음을 가져야 한다.

자신의 허물과 부족을 모르며 비극을 극복할 줄 모르는
집단에도 자성과 회개의 시간이 되었으면 한다. 우리 모두
한 해의 끝자락에서 기쁨과 슬픔을 볼 수 있는 밝은 시각
을 가져보기 바란다. 한 해의 마무리는 새로운 희망을 잉태
하기에 의미가 있다.

(2006.12.7.)

政者汚也인가

❀ ❀ ❀

"이분법 논리로 우리가 아니면 적으로, 때로는 악으로 몰면서 부리는 옹고집은
선진민주사회에서 철저하게 거부하고 있음을 인식해야 한다. 정치이념이
아닌 정치지도자의 가신이 되어 거수기 노릇 하는 저질정치는 이제 사라져
야 한다."

국민이 외면하는 가운데 혼미에 싸인 오합지졸 같은 정
치권이 요동치기 시작했다. 여권에서부터 정계개편의 목소
리가 커지고 있는 현실이 그렇다. 지속된 실정은 국민의 고
통을 가중시켰고 40여 곳의 보선에서 전패하는 기록으로
민중은 항변했다. 반성은커녕 언론 탓, 홍보부족, 국민의 오
해라는 시각으로 호도하며 자기 합리화에 충실한 여당이다.

경제계, 법조계, 교육계, 문화계를 비롯한 범국민적인 갈등을 확대 생산하는 일에 충실했던 정권이다. 노무현 정권 4년은 반목과 대립의 갈등을 키워 왔다. 국민협력과 통합은 상상할 수 없는 일이 되고 말았다. 이웃 간의 아름다운 인정과 관용의 윤리마저도 크게 훼손시켰다. 생활고에 살아갈 방법을 찾을 수 없어 목숨을 끊는 일이 늘어나도 사회안전망이나 민생보호대책은 안중에도 없다.

제 식구 챙기기 그리고 오기와 옹고집이 우선인 집권자를 역사는 어떻게 기록할 것인가 걱정스럽다. 절차상의 사소한 실수로 헌재소장의 국회인준에 시간만 낭비해도 책임질 줄 모르는 청와대 사람들은 관용의 경지에 도달한 사람들일까. 정권을 걸고 자신 있게 추진한 부동산정책은 청와대 비서관들의 투기이익창출을 성공시켰고 올 1월에 22억 원 하던 강남아파트를 현재 33억 원으로 급등시켜 놓았다. 온갖 규제를 다 동원해도 효과가 전무하다.

시장원리에 충실했다면 이런 수모와 낭패는 보지 않았을 것이다. 정권유지에 온갖 열정을 바치기에 여념이 없으니 정치개혁이나 민생 챙길 여력이 있겠는가. 그들만의 잔치로 패거리집단은 행복할 줄 모르나 민중의 고통이 너무 크고 긴 것이 문제다.

현 정권이 내건 자유와 복지 구현과 평화통일을 위해 무엇을 했는가를 평가할 줄 알아야 한다. 창당이념과는 관계없이 상황에 따라 변하는 정강정책을 국민이 믿을 수 없다.

정치적 철학과 신념은 현실의 이익과 실리에 따라 패거리를 만들고 좌우를 오락가락한다. "설득하기보다는 도취시키고 박멸시켜버린다."라는 괴벨스의 선전선동술을 만끽하고 있는 것 같은 집권당의 모습이다.

민주주의 기본은 다수의 지혜를 빌려 소수를 품에 안고 함께 행복을 만들어가는 슬기로움에 있다. 이분법 논리로 우리가 아니면 적으로, 때로는 악으로 몰면서 부리는 옹고집은 선진민주사회에서 철저하게 거부하고 있음을 인식해야 한다.

정치이념이 아닌 정치지도자의 가신이 되어 거수기 노릇하는 저질정치는 이제 사라져야 한다. DJ, YS, JP의 품이 그리운 사람들, 언제쯤 철이 들지 아니면 은퇴할지 자못 걱정스럽다. 반사이익에 안주하는 야당도 한심하기는 마찬가지다. 이합집산의 구도가 가까워지면서 지역민을 우롱하며 지역갈등을 유발시켜 이해득실을 계산하기에 분주한 한심스런 정치권에 철새의 회귀본능이 발현될 조짐을 보인다. 소아보다 대아를, 사익보다 공익을 우선하는 기본을 갖춘 정치인이 그리운 계절이다.

공자는 정치를 "정자정야(政者政也)"라고 했다. 진실로 제 몸을 바르게 하면 정사를 베푸는 것이 어렵지 않으며, 제 몸을 바르게 못 하면 백성을 어찌 바르게 할 수 있겠는가라는 말이다. 사회정의를 구현하고 국민을 기쁘고 편안하게 해주어야 한다.

본질적인 언어에 현 정권은 얼마나 충실했나를 묻고 싶

다. 정자정야의 정치는 가까운 자가 기뻐하고 먼 데 있는 자가 찾아오는 것이다. 가까운 자가 슬퍼하고 먼 데 있는 자가 외면하는 현실의 정치는 참담할 수밖에 없다.

정치가 오염이 되고 정치인에 신물이 난 국민들은 공자의 이 말을 정자오염이라 말할 것이 아닌가. 이제 국민이 나서서 권력과 양지만을 쫓는 철새 같은 정치인, 포용하고 융화할 줄 모르는 정치를 영구 퇴출시켜야 할 때다.

자유민주주의 정치체제는 정치적 반대를 제도화하고 참여와 경쟁의 원리에 있다. 이마저 외면하려는 집단은 도태되어야 한다, 정치정야는 T. Hobbes가 말하는 만인은 만인의 '투쟁상태의 돌입'과 J. J. Rousseau가 말하는 '평화롭고 전원 같은 사회'를 만든다는 속성 사이에 갈등이 생겼을 때에 지혜로운 해결을 찾는 것이 정치의 기본임을 의미한다.

정치정야의 의미를 더 이상 외면하지 말길 바란다. 정당의 구조적 문제를 원칙으로 극복하고 기능적으로 해결하는 지혜를 찾기에 부지런할 것을 주문한다. 정치 불신이 커져 이제 혐오감을 갖게 하는 국민에게 성실과 진실만이 희망을 줄 수 있음을 명심하기 바란다.

정치는 흐르는 물처럼 순리와 국민의 여망에 따라야 함을 상기해야 한다. 국민에게 꿈과 희망을 주는 정치를 이룰 수 는 없을까.

(2006.11.23.)

선거의 계절은 오는데

❅ ❅ ❅

"부정부패와 저질이 난무했던 지난 일을 거울삼아 진정으로 주민을 위해
서 헌신 봉사할 수 있는 정직하고 봉사정신이 강한 사람을 추천하고 이에
따라 주민이 선택할 수 있어야 한다."

전국동시지방선거가 4개월 앞으로 다가오며 오늘부터 선
관위에 예비후보등록이 시작된다. 특정정당공천은 당선이라
는 인식으로 공천권을 쥔 지구당위원장의 위세가 대단하다.
지방선거 입후보자 공천준비에 박차를 가하고 있다.

　한나라당은 이번 주에 공천심사위원회를 구성할 계획이며
열린우리당도 원칙적으로 경선을 골자로 한 공천기준을 마

련했다. 한나라당은 공천심사위원구성과 심의규정을 확정하여 내년 초에 20명 내외로 구성을 완료하게 된다.

10년의 지자체실시 중 제기된 문제는 선출직공직자의 부정부패와 무지로 인한 예산낭비가 지적되고 있다. 한나라당에서 공천기준을 당에 대한 공헌도와 개인별 능력을 주요 평가기준으로 삼아 후보자를 결정하려는 방침을 세웠다. 그러나 무엇보다 후보자의 도덕성과 청렴성을 중시해야 한다.

부정부패와 저질이 난무했던 지난 일을 거울삼아 진정으로 주민을 위해서 헌신 봉사할 수 있는 정직하고 봉사정신이 강한 사람을 추천하고 이에 따라 주민이 선택할 수 있어야 한다. 공직선거에서 선거법 위반자는 철저하게 공천에서 탈락시켜야 마땅하다. 그렇지 않을 경우 선거에 낙선시켜야 한다.

선거법 위반행위는 페어플레이 정신에 반하는 행위로 수단 방법 가리지 않고 당선하겠다는 일념이 빚은 결과로 볼 수밖에 없다. 사활을 거는 중앙정부의 지방선거개입도 자제되어야 한다.

지방선거는 총선과 대선에 중요한 영향력을 미치기 때문에 중앙당에서 총력을 기울이는 데 자제해야 한다. 특히 내년부터는 지방의원에게 월급이 지급되므로 정치참여의 과열현상을 빚고 있어 공천과정에서 금품수수를 비롯한 공정성의 훼손이 크게 우려된다.

이를 불식시키기 위해서는 투명성, 공개성, 객관성이 담보되는 공천이 절대적임을 강조한다. 앞으로 4개월 남은 공직선거의 공명성과 지역발전의 주요요인이 되는 후보자공천을 올바로 해줄 것을 주문한다.

　그렇지 않을 경우 유권자의 강력한 반발에 봉착하게 된다. 중앙당이 지방선거를 좌지우지하는 현 법률의 모순은 하루속히 개선돼야 지자체발전을 촉진시킬 수 있다. 선거제도를 지키는 후보자와 유권자의 공동노력만이 지자체를 발전시켜 갈 수 있음을 강조하며 후보자의 철저하게 검증을 여야에 주문한다.

제2부

아름다운 사회
사랑스런 세상

폭력 공화국 사람들

❀ ❀ ❀

"타인의 입장에서 생각하고 배려하며 다른 시각에서 바라보는 여유를 가질 때에 폭력은 줄어든다. 모든 일을 대화로 해결하며 의견이 상반될 때에 설득과 수용의 지혜를 배우는 일도 중요하다. 폭력 없는 아름다운 사회건설을 위해서 이해와 사랑의 싹을 키워가야 한다."

폭력은 반사회적 행위로 존중되어야 할 인간의 존엄성과 인격을 파괴하기 때문에 반듯이 근절되어야 마땅하다. 그러나 우리 사회는 폭력으로 얼룩져 불안과 고통의 분위기를 조장시키고 있다. 끊이지 않는 학교폭력은 도를 넘어 교사가 학생을, 학부모가 교사를 폭행하는 현실이 그러하다.

폭력으로 고통을 줘서 타인의 행동을 왜곡시키려는 의도

는 어떤 명분이라도 용인될 수 없는 일이다. 최근에는 교사가 초등학교 1학년생 10여 명을 집단폭행한 일과 전치 10일간의 상처를 입힌 사건이 발생했다. 70대 아버지가 자가용을 샀다는 이유로 자식을 때려 사망한 일이 일어났다.

사회적으로는 폭력조직이 근절되지 않고 있으며 사사로운 일에 손쉽게 폭력을 행사하고 있다. 동거남과 싸우다가 방화를 저지른 사건이며 노모를 귀찮게 한다고 친형을 흉기로 찔러 살해한 사건은 충격을 더해준다. 자녀와 부부폭력은 다반사로 발생되어 매년 늘어나고 있는 현실이다.

얼마 전 충북도교육청에서 조사한 결과에 따르면 중학생의 23.6%가 학교폭력이 심각하다고 응답했으며 금품갈취가 가장 많은 것으로 나타났다. 폭력은 다른 사람에 대한 파괴적인 행동을 하거나 고통스러운 자극을 줄 목적으로 행해지는 전반적인 공격적 행동으로 정신 심리적, 사회문화적, 철학적인 원인에서 발생한다.

폭력을 행사하는 사람은 특정한 성격소유자로 개인적인 일탈행위자로 볼 수 있다. 폭력을 조장하는 사회체제에 대한 무관심과 폭력문화의 제재가 미약한 것도 하나의 원인이다. 외세에 대한 적개심과 강대국에 대한 증오심의 수용은 폭력에 대한 저항감과 반발심을 약화시켰다.

학생폭력원인은 학생들의 놀이문화가 없어서가 첫 번째이고 다음으로 부모와 대화가 없는 것으로 밝혀졌다. 폭력 장소는 교내, 학교주변, 놀이터, 공터, 등하굣길이며 도움을 청하는 사람은 가족, 선생, 친구, 선후배 순으로 나타났다. 우리 사회는 폭력으로부터 노출이 심각함을 알 수 있다.

폭력의 미화와 확대생산 보도가 도를 넘고 있다. 폭력사건의 언론보도를 자제해줄 것과 폭력을 소재로 한 드라마나 영화제작의 자제가 절실하다. 미디어의 영향은 폭력의 모방화와 사회화를 야기하기 때문이다. 우리 사회에 만연된 폭력을 근본적으로 추방하기 위해서는 폭력문화를 거부하는 일로 어떠한 경우에도 폭력을 행사해서는 안 된다는 인식을 갖게 해주어야 한다. 법과 제도의 관대함이 폭력을 부추기는 요인이 된다.

상습적으로 여고생에게 성폭력을 저지른 교사에게 겨우 2개월 정직의 징계처분을 내렸다. 솜방망이처벌은 폭력의 악순환을 되풀이할 뿐이다. 폭력교사는 교단에서 영원히 추방시키는 강력한 대책이 절실하다. 폭력의 원인을 제거하나 억제하기 위한 사회적 공동노력이 필요하다.

신고체계를 확립하여 가해자는 반듯이 응분의 처벌을 받는다는 사실을 인식시켜 줘야 한다. 폭력을 효율적이고 적극적으로 방지할 수 있는 법안 제정도 요구된다. 사회에 만연된 폭력문화를 근절시키는 노력은 무엇보다 시급하고 중요하다. 폭력을 미화시키고 영웅시하는 영상매체나 출판물의 심의를 엄격하게 하고 처벌과 제재를 강화시켜야 한다. 폭력은 동경의 대상이 될 수 없으며 모방을 해서는 절대로 안 된다.

이 시대를 살아가는 사회구성원 모두가 정의를 추구하며 자신의 역할수행을 철저히 할 때에 폭력은 크게 약화될 수 있다. 폭력을 대수롭지 않은 행위로 간주하여 관용이나 이해 차원에서 해결하려 해서는 안 된다. 폭력에 대한 철저한 처벌과 함께 아름다운 인간관계프로그램을 지역사회 차원에서 사회교육을 통해서 실행하여 아름답고 신뢰감 있는 사회건설에 앞장서야 한다. 이해와 사랑으로 관용의 사회를 만들어갈 때에 폭력공화국이라는 치욕의 단어가 없어질 것이다.

　타인의 입장에서 생각하고 배려하며 다른 시각에서 바라보는 여유를 가질 때에 폭력은 줄어든다. 모든 일을 대화로 해결하며 의견이 상반될 때에 설득과 수용의 지혜를 배우는 일도 중요하다. 폭력 없는 아름다운 사회 건설을 위해서 이해와 사랑의 싹을 키워가야 한다.

　폭력공화국이라는 오명을 씻기 위한 사회적 노력에 다 같이 참여할 때다.

(2006.7.10.)

사랑의 매는 폭력의 미명인가

❀ ❀ ❀

"선진국에서는 학교체벌이 금지되어 있고 U.N.아동권리위원회와 국가인권
위원회에서는 교육법상 체벌근거조항을 개정하라고 권고하고 있으나 아직까
지 시행되지 않고 있다. 상명하복의 위계체계가 엄격한 군대도 '어떠한
종류의 폭력도 금지한다.'라는 명문규정을 만든 지 오래다."

비인격적이고 반교육적이며 야만적인 학생체벌이 횡행하
고 있는 현실이 안타깝다. 며칠 전 전북 군산시에서 초등학
교 여교사가 1학년 학생에게 체벌을 가하는 장면의 동영상
이 인터넷에 공개되면서 비난의 여론이 들끓고 있다. 담임
선생인 여교사가 노트정리를 하지 않았다는 이유로 10여
명의 남녀학생들을 교단으로 불러내 뺨을 때리고 얼굴에

책을 던지자 어린이가 휘청거리며 뒤로 밀려나는 모습과 여자어린이가 교사에게 뺨을 맞은 뒤 얼굴을 어루만지는 장면이 나왔다.

광주초등학교에서는 말을 듣지 않는다고 청소용 빗자루로 머리를 때려 다섯 바늘이나 꿰매는 전치 10일의 상처를 입혔다. 최근 한국사회조사연구소에서 실시한 여론조사를 보면 초·중·고교생의 80%가 체벌을 당한 것으로 나타나고 있어 학교폭력의 관례화가 심각하다. 교사의 학생체벌은 근절되지 않은 채 지속되어 폭력문화가 정착되어가고. 있어 대책이 절실한 실정이다.

체벌은 교육자의 자질이 부족한 교사가 감정의 분풀이로 폭력을 행사하는 것으로 볼 수밖에 없다. 더 이상 교사의 폭력행위를 방치해서는 안 된다. 폭력을 당한 학생이 받은 충격은 인격형성과 정서함양 및 건전한 정신에 악영향을 미치게 되어 바람직한 성장에 커다란 장애를 주게 된다. 학교체벌은 1998년에 개정된 초등교육법 시행령에 따라서 "교육상 불가피한 경우를 제외하고 학생에 신체적 고통을 가하지 않는 방법으로 훈육을 해야 한다."라고 되어 있으며 대법원 판례는 "사회통념상 용인될 수 있는 선에서 제한된 처벌을 허용한다."

사회통념상 용인될 수 없는 경우는 체벌의 교육적 의미를 알리지 않거나 교사의 감정, 성격에서 비롯된 체벌, 개별적으로 학생을 불러 지도할 수 있는데도 공개적으로 체벌한 경우, 신체나 정신건강을 위협하는 물건이나 교사의 신체를 이용해 때리는 행위와 성별, 연령, 개인사정에 따라 견디기 어려운 모욕감을 주는 경우로 규정하고 있다.

5년 전에 "교육 차원의 처벌은 정당하다."라는 헌법재판소의 결정은 체벌존속근거를 마련해주었다. 이러한 제한적 체벌허용은 전면적인 폭력으로 치달아 문제를 키우고 있어 법 개정이 시급하다.

체벌은 교사, 학생, 학부모가 상처를 입게 된다. 교육부는 "절반가량의 학교는 학교생활규정으로 체벌금지를 명시하고 있으나 체벌이 원칙적으로 금지되면서 많은 학교에서는 상벌점제를 도입했지만 벌점이 지나치게 쌓인 학생에 대한 제재조치가 없거나 교사마다 벌점에 일관성이 없어 효과를 못 본다."라고 한다.

몇 그램의 매로 몇 대를 얼마만큼 때리니까 행동이 수정된다는 과학적 근거가 없다. 사람이 사람을 때린다는 자체가 인간의 존엄성을 훼손하는 일이다. 교육을 통해서 자신의 삶을 올바르게 이해하고 사랑하는 마음을 키워주는 일이 우선이라고 할 때에 감정에 의한 분풀이 차원에서 자행되는 체벌은 반드시 없어져야 한다.

체벌을 금지하고 학생대표와 교사들이 하루 동안 토론을 거쳐 자율규정을 정하므로 학생 스스로 알아서 따르게 유도하여 성과를 본 학교가 있다. 체벌 없이 인격적인 만남으로 교육을 실시하고 있는 몇몇 학교의 성공사례는 권장할 만하다. 선진국에서는 학교체벌이 금지되어 있고 U.N.아동권리위원회와 국가인권위원회에서는 교육법상 체벌근거조항을 개정하라고 권고하고 있으나 아직까지 시행되지 않고 있다.

상명하복의 위계체계가 엄격한 군대도 "어떠한 종류의 폭력도 금지한다."라는 명문규정을 만든 지 오래다. 학교폭력을 허용하고 가해교사는 사랑에 매라는 괴변과 넋두리를 늘어놓는 데 있을 수 없는 일이다. 이유여하를 막론하고 폭력은 근절되어야 한다.

교육현장에서 사람을 때린다는 반인격적 행위가 용인될 수 없다. 인권은 존엄하여 마땅히 존중받아야 한다는 기본가치를 외면할 수 없기 때문이다. 학생을 위해서 부득이 체벌을 했다는 교사의 변명이 통하지 않는 사회가 하루속히 이뤄져야 한다. 사랑이라는 가식의 미명을 쓰고 자행되는 교사폭력의 근절을 위한 법 개정과 제도 개선이 절실하다.

폭력교사는 다시는 학교에 발붙이지 못하도록 국민 모두가 지킴이 노릇을 충실히 할 것을 당부한다. 결코 사랑의 매는 존재할 수 없으며 이것에 의한 공격성이 인격을 훼손하고 자아 존중감을 파괴해서는 안 된다. 어떠한 경우라도 교사의 학생폭력은 용인돼서는 안 된다.

이번 폭력교사는 사법당국에 의해서 적절한 처벌을 받아야 마땅하다. 폭력 없는 아름다운 학교생활을 보장해주는 사회적 노력이 절실하다.

(2006.7.7.)

나눔과 섬김의 행복

"사랑을 통한 행복을 강조한 톨스토이 사상의 기저에는 나눔과 섬김이 자리하고 있음을 생각해본다. 나눔은 욕심을 버리고 마음을 비워가려고 노력할 때 샘물이 채워지듯 기쁨으로 가득 차게 된다. 나눔은 과욕과 이기심을 버리고 약화된 공동체를 복원시켜 갈 수 있다."

사람이 나눌 수 있다는 것은 큰 축복이며 아름다운 사랑을 실천해가는 첫걸음이 된다. 나눔 없는 진정한 사랑은 없기 때문이다. 나눔은 깊은 관심 속에 자신의 소중한 것을 사심 없이 기쁜 마음으로 전달하는 행위다.

마음과 물질은 나눌수록 풍요로워지고 사랑을 키워갈 수 있다. 가진 게 없어 나눌 수 없다는 말은 인간의 존재가치를 부정하는 것과 다름없다. 마음을 나누고 정을 나누며 물질을 나누는 것은 우리들의 일상적인 생활이 될 수 있다.

섬김은 인간의 존엄성을 실천하는 겸허한 마음의 자세로 부족함과 미움을 없애준다. 섬김은 부족함을 채워주고 미움을 사랑으로 변화시켜 간다. 섬김의 공동체는 질시와 분노가 없는 사회를 만들어간다.

나눔과 섬김이 넘치는 사회는 자유와 평화가 있을 뿐이다. 이것이 남녀노소를 불문하고 모든 인간이 실천해야 할 덕목이 되어야 하는 이유가 여기에 있다. 네 살 때부터 도심천변 공원에서 쓰레기를 줍는 봉사활동을 하여 올해 자원봉사활동 3년차 경력의 일곱 살배기, 이 어린이는 2004년에 자원봉사자로 등록해 한동안 최연소자의 기록을 보유하기도 했다.

이 어린이는 천변이나 공원에서 쓰레기를 줍는 등 환경 정화활동에 열중이다. 봄꽃 축제기간에는 참가자들에게 물을 나눠주고 현충일에는 현충원에서 묘비 닦기에 땀을 흘렸다.

자원봉사회원들이 입는 노란 조끼를 즐겨 입는 이 어린이는 오늘도 천변에서 휴지와 담배꽁초를 주우며 환하게 웃는다. 83살의 할아버지는 중풍으로 세 번 쓰러졌으나 환경봉사회장으로 12년째 활동 중이다. 실버봉사단을 만들어 신호등이 없는 건널목에서 아침마다 교통정리를 하고 주말에는 공원과 천변에서 쓰레기를 줍고 있다. 지체장애 1등급

의 60대 할아버지는 손이 없어 발로 운전을 하면서 뇌 병
변 환자의 병원운반을 책임지고 있다. 급한 일이 있어 약속
을 못 지킬 때는 택시비를 지불한다.

자원봉사는 약속의 이행과 책임, 지속성의 중요함을 실천
하고 있다. 23년째 봉사활동을 하고 있는 해병전우회 아저
씨는 수중쓰레기 수거, 야간 방범순찰, 학교폭력과 청소년
유해환경감시단 활동, 교통정리, 청소년 극기 훈련을 꾸준
히 전개하고 있다.

이들은 어느 지방자치단체 홍보물에 소개된 사람들이다.
아름답고 가슴 따뜻한 일로 우리 사회를 밝게 만들어가고
있어 흐뭇하다. 우리에겐 가진 것이 너무 많으나 욕심 때문
에 부족하다며 불평한다. 욕심을 버리고 남을 위해 나누고
섬기는 생활을 실천해가자.

소리 없이 찾아온 가을날의 풍요로움처럼 여유와 평온의
마음을 갖고 이웃과 사회에 나누고 섬기며 살아가자. 그러
면 행복이란 보답이 반드시 따를 것이다. 톨스토이는 "신은
우리가 행복해지기를 바라고 있기에 우리에게 행복에 대한
욕구를 심어주었다. 이 세상의 모든 사람이 행복해지기를
바라고 있기에 우리에게 사랑에 대한 욕구도 심어놓았다.
그래서 사람들은 서로를 사랑하는 그 순간부터 비로소 행
복해질 수 있다."라고 했다. 나눔과 섬김의 가치는 사랑의
실천에 있다.

사랑을 통한 행복을 강조한 톨스토이 사상의 기저에는 나

눔과 섬김이 자리하고 있음을 생각해본다. 나눔은 욕심을 버리고 마음을 비워가려고 노력할 때 샘물이 채워지듯 기쁨으로 가득 차게 된다. 나눔은 과욕과 이기심을 버리고 약화된 공동체를 복원시켜 갈 수 있다.

21세기 희망가치가 나눔이 되어야 한다. 어린아이와 할아버지 그리고 장애인과 아저씨의 헌신적인 자원봉사활동은 자신의 여유와 마음을 이웃과 사회를 위해 나눠가는 실천 행동이기에 지지와 칭찬을 받게 된다.

섬김은 남을 배려하는 겸손한 마음에서 출발할 때 시작된다. 섬김 없는 봉사와 희생은 존재할 수 없다. 겸허한 마음은 측은지심을 불러와 지지와 통합의 사회를 만들어갈 수 있다. 타인을 존중하고 아껴주며 자신의 존재에 감사하는 마음으로 봉사와 희생을 실천해가야 한다.

나눔의 기쁨과 섬김의 충만은 우리의 삶을 행복하게 만들어주는 샘물과 같다. 나눔의 공동체는 사회통합을 통한 인정사회를 만들어 살맛 나는 세상을 이뤄간다. 나눔과 섬김을 통해서 사랑을 성숙시켜 가는 일은 인간이 실행하여야 할 당연한 일임을 강조한다. 아름다운 가을날 나눔과 섬김을 통해서 기쁨과 충만을 만끽하며 진정한 행복을 구가해보기 바란다.

(2006.9.15.)

청소년의 달과 기러기 아빠

❋ ❋ ❋

"희망의 상징인 청소년의 달에 기러기 아빠를 생각하며 건강하고 행복
한 가정을 위해서 함께하는 공동체를 만들어가야 한다. 건전한 가정에서
건강한 청소년이 꿈과 이상을 키우며 자랄 수 있다."

초록이 꿈결처럼 흐르는 희망의 계절, 5월에 대해 사람들
은 다양한 표현을 하기에 부지런하다. 어린이날, 어버이의
날, 스승의 날, 성년의 날, 부부의 날이 있어 흔히 가정의
달과 청소년의 달이라고 제일 많이 부른다. 가정은 사회와
국가발전의 근본이 되기 때문에 중요성을 강조할 필요가
없다.

현실은 가정의 고유기능, 기초기능, 부차기능이 제대로 발현되지 못하여 공공기관이나 단체가 그 기능을 담당하므로 사회적 비용의 부담은 물론이고 전통적인 인간관계가 변화되어 인정 넘치는 공동체가 사라지고 있다. 매년 늘어나는 부부갈등의 심화는 해체가정, 별거가정, 이혼가정을 양산시켜 자녀들에게는 견디기 어려운 고통을 준다.

　지난해에는 12만 5천 명이 이혼을 했다. 여기에다 껍데기만 있는 가정까지 포함하면 그 수는 훨씬 많다. 조기유학의 열풍을 타고 자녀양육을 위해서 어머니가 해외에서 생활하는 기러기 아빠가 20만 명을 넘고 있다. 엉망으로 변화되어 가는 많은 가정은 우리를 슬프게 만든다. 5월은 푸른 꿈의 상징이며 미래가치가 무한한 청소년을 축복해주는 달로 매년 다양한 행사가 봇물 터지듯이 진행된다.

　이들과 기성세대가 함께 공감할 수 없는 행사는 항상 아쉬움으로 남기 마련이다. 기성세대의 그릇된 사고가 때로는 이들을 괴롭히기 때문이다. 산하가 온통 초록과 봄꽃으로 가득한 5월은 바라만보고 있어도 마음이 설렌다. 그러나 이 아름다운 계절에도 사랑하는 가족과 함께 생활하지 못하고 생이별을 하여 그리움의 고통을 감내하는 기러기 아빠의 마음을 이해하는 사회가 됐으면 한다.

　사랑하는 자녀와 부인을 해외에 보내고 항상 충족시켜주지 못하는 경제적 문제 때문에 죄의식마저 갖게 하는 기러기 아빠가 애처롭다. 처자식에 대한 그리움, 자신의 무능으로 생각하는 자책감, 밀려오는 외로움은 눈물로 밤을 지새우게 한다. 기러기 아빠가 이러한 고통을 견디다 못해 목숨을 끊는 소식을 접할 때마다 마음이 너무 아프다.

인간이 존재하는 가치가 왜곡되고 역할이 호도된 현실은 비극의 시대인가. 자녀교육도 중요하지만 진정한 가족의 사랑과 가정의 존재가치에 대하여 깊이 생각할 때다. 5월은 우리 모두가 서로에 대하여 감사와 사랑을 실천하는 달이다. 은혜와 고마움 속에 고통받고 괴로워하는 기러기 아빠를 위해서 위로와 격려를 해주는 따뜻한 사회가 되기를 바란다.

자녀에 대한 왜곡된 교육관과 해외로 내몰 수밖에 없는 정부의 교육정책도 변화되어야 한다. 민주주의 기본원리인 능력본위와 기회균등의 원리를 존중해서 교육정책을 발전시켜 가야 한다. 능력과 자질의 한계를 벗어난 교육의 강요는 결국 자녀와 가족을 불행하게 만들 수밖에 없다.

교육정책을 개선하여 자녀와 아내를 해외로 내모는 현실을 극복하고 기러기 아빠 수를 줄이고 눈물을 닦아주어야 한다. 해외에서 부적응, 과보호, 마마보이로 키운 자녀문제도 심각하다. 청소년의 자율성과 자립의지를 키워주는 일은 원만한 가정기능과 역할이 이루질 때 가능해진다.

2006년 한국종합사회조사(KGSS)에 따르면 아직도 부모가 성인이 된 자녀에게 70%를, 노부모의 경우 50-60%가 자녀에게 경제적 지원을 해주고 있다. 이는 청소년기의 잘못된 지도와 오도된 교육의 산물이다. 자식은 평생 애물단지라는 말처럼 자녀에 대한 경제적 지원은 평생을 진다는 얘기다.

별난 기러기 아빠는 수십, 수백 배의 경제적 책임 속에 고통을 감수하여야 하는 현실이다. 푸른 오월 가정의 달이 기러기 아빠에게도, 소년소녀가장에게도, 이혼가정에도 싱그러운 초목처럼 괴로움과 고통을 지우고 희망과 사랑이 넘치는 시간 되길 기원한다. 농부의 이마에 흐르는 땀방울을 씻어주는 상쾌한 바람처럼 기러기 아빠의 마음을 위로해주는 이웃이 되어 인정을 나누는 관심과 사랑을 가져주기 바란다.

희망의 상징인 청소년의 달에 기러기 아빠를 생각하며 건강하고 행복한 가정을 위해서 함께하는 공동체를 만들어가야 한다. 건전한 가정에서 건강한 청소년이 꿈과 이상을 키우며 육성될 수 있다. 기러기 아빠처럼 아버지의 역할과 기능이 외면된 사회에서는 결코 바람직한 청소년의 성장을 기대할 수 없다.

청소년을 미래의 개척자며 지도자로 키워가기 위해서는 화목한 가정구성원이 행복을 펼쳐갈 때만이 가능해진다. 나아가 가정의 행복은 사회와 국가의 안정과 평화를 만들어 국력의 기반이 됨을 인식하여야 한다. 5월을 청소년의 달이며 가정의 달로 정한 이유가 여기에 있다.

진정으로 청소년을 사랑하며 육성하고 싶다면 기러기 아빠와 같은 왜곡된 교육관과 역할의 외면 더 이상 방치해서

는 안 된다. 기러기 아빠의 눈물과 청소년의 고통이 없는
행복한 가정공동체 건설을 위한 가족구성원의 화목과 사회
적 자정 노력이 절실하다.

(2007.5.10.)

판치는 사행산업 철저한 단속을

❋ ❋ ❋

"이들은 경찰과의 친분을 과시하면서 불법을 자행하고 있어 철저한 단속
이 요구된다. 사행심은 정상적인 사람의 근로의욕을 떨어트리고 사회정의를
파괴시켜 가는 사회악으로 인식하여 대책을 세워야 한다."

지속되는 경기불황과 사회양극화 현상의 심화로 확산된
서민의 요행을 바라는 심리를 악용해 사행산업이 성행하고
있어 철저한 단속이 요구된다. 한 번의 행운이 인생을 역전
시킨다는 허황된 생각을 하게 하여 성실한 시민의 근로의
욕을 상실시키며 노동 가치를 왜곡시키기 때문이다.

횡재를 바라는 마음을 유인해서 부당이익을 챙기는 불법

성인오락실이 판치고 있으나 당국의 단속은 느슨하기만 하다. 수원 등지의 성인오락실에서는 법으로 금지된 인증받지 않은 가짜 상품권을 환전용으로 사용하여 환전상과 오락실 업주가 불법으로 하루에 수백만 원씩을 벌고 있다. 이들의 수법은 정선 카지노 식의 누적상금으로 고객을 유혹하여 한탕을 노리는 서민의 호주머니를 털고 있다.

오락실 규모와 영업이 대규모된 불법조직으로 확산되고 있어 서민의 개인파산마저 우려된다. 보통 오락실 한 곳에 수백 대의 오락기기를 설치하고 환전상을 조직적으로 관리하며 불법영업을 자행하고 있다. 소요되는 돈이 가정경제를 위협할 정도의 대규모로 1회 배팅에 20-30만 원을 1시간 만에 탕진한다.

사행성도박은 중독증과 본전을 찾겠다는 애착심리가 작용하여 쉽게 끊지 못하게 된다. 특히 청소년을 상대로 뽑기오락 등을 하는 업소도 많아 심각한 피해확산이 우려된다. 사행산업자는 보통 4-5개의 오락실 지분을 갖고 매월 10억 원의 부당이익을 챙기는 사례가 많다는 보도다.

이들은 경찰과의 친분을 과시하면서 불법을 자행하고 있어 철저한 단속이 요구된다. 사행심은 정상적인 사람의 근로의욕을 떨어트리고 사회정의를 파괴시켜 가는 사회악으로 인식하여 대책을 세워야 한다.

사법당국과의 유착관계를 분명하게 조사하고 단속의 효과를 위한 체계를 확립시켜 가는 일도 당면과제다. 신성한 근로행위의 중요성과 정의사회 건설을 위한 사회기풍 조성을 위한 노력도 함께해가야 한다.

건전한 국민오락을 개발, 보급하여 사행성오락 욕구를 대체시켜 가는 것도 한 방법이다. 사행심조장요인을 철저히 감시하고 엄벌로 다스리는 노력을 강화해갈 것을 주문한다. 사행오락행위의 근절은 업자와 시민 모두가 건전한 생각을 가질 때 근절이 가능하며 철저하고 지속적인 예방과 단속을 병행할 때 효과를 거둘 수 있다.

實效있는 팔당호 환경공영제

❀ ❀ ❀

"물은 생명존재의 근원으로 물의 오염은 생명의 파멸을 의미하기 때문에 우리의 생명처럼 소중하고 깨끗하게 관리해야 한다. 비단 팔당호뿐만 아니라 모든 수질관리를 주민과 함께해갈 때 효과가 큼을 입증한 사례로 전국적으로 확대해갈 필요가 있다."

주민이 부담해야 할 환경 부담금을 행정기관에서 재정, 기술적인 문제를 지원하여 수질을 크게 개선하는 데 성공한 사례가 주목받고 있다. 팔당호는 수도권시민에게 공급되는 상수원으로 시민을 위해 깨끗하게 관리돼야 함을 인식하고 주민과 행정기관이 함께 문제를 해결해간다는 데 의미가 크다.

경기도는 이 제도를 실시하여 오수처리시설의 생물학적 산소요구량을 8.1ppm이나 떨어트려 수질을 크게 정화시킨 결과를 낳았다. 작년부터 도는 117억을 가평군, 광주시, 남양주시, 양평군, 여주군, 용인시, 이천시의 팔당호수계의 특별지구 내 음식점, 숙박업소, 공동주택근린시설 등 3천4백여 개의 오수처리시설에 대해 기술적 지원을 지속적으로 해왔다.

오수처리결과를 데이터베이스화하여 제공하므로 수질문제에 대한 경각심을 심어주고 환경개선의식을 높여갔다. 팔당호수계 주변의 축산농가에서 방류하는 축산폐수 공공처리시설 가동률을 높여서 수질악화를 막은 것도 효과를 봤다. 3천만 국민이 마시고 사용하는 팔당호 수질관리의 중요성과 문제는 아무리 강조해도 부족함이 없다.

물은 생명존재의 근원으로 물의 오염은 생명의 파멸을 의미하기 때문에 우리의 생명처럼 소중하고 깨끗하게 관리해야 한다. 비단 팔당호뿐만 아니라 모든 수질관리를 주민과 함께해갈 때 효과가 큼을 입증한 사례로 전국적으로 확대해갈 필요가 있다.

흐르는 물의 관리는 사용자 모두의 노력을 요구하기 때문에 수계주변 사람의 높은 환경의식과 실천윤리가 뒤따라야 한다. 수질 이외에도 대기, 토양 등 환경을 청결하게 보전하는 일은 우리의 당면과제다.

효과를 본 팔당호 수질개선 공영제사례를 전국적으로 영

역별로 새로운 환경관리정책에 반영할 것을 권한다. 공공재
화나 환경은 사용자와 관련자가 함께 노력해갈 때에 효과
를 거둘 수 있다. 경기도는 앞으로도 팔당호 수질개선을 위
해서 다양한 아이디어와 효과 있는 수질관리시책에 더욱
행정력을 쏟아주기 바란다.

밥, 밥, 밥을 먹자

✽ ✽ ✽

"현실에 근거한 사회복지정책의 개선을 촉구하며 당장에 쌀이 필요한 사람에게는 시민단체나 구호기관에서 무상으로 쌀을 공급하는 대책을 세워야 한다. 풍요 속의 빈곤이 되어 다이어트, 식습관변화, 생활패턴변화 등으로 밥을 먹지 않아 쌀의 소비가 늘어나지 않고 있다."

밥은 우리 민족에게 없어서는 안 될 소중한 주식이다. 예부터 쌀은 부와 풍요의 상징으로 귀한 대접을 받아왔다. 그러나 빠르게 진행된 사회, 문화, 경제의 변동은 쌀의 가치를 크게 하락시켰다. 최근에는 웰빙 열풍과 다이어트로 아침은 과일, 채소, 육류로 적게 먹고 있다. 점심, 저녁마저 밥을 적게 먹어 쌀 소비량이 줄어들고 있는 실정이다.

가정과 사회구조의 변화로 맞벌이 부부가 급격히 늘어나면서 가정에서 밥을 하지 않고 빵과 우유로 대신하는 경향도 쌀 소비를 줄어들게 한다. 전국 각지의 농협창고에 쌓여 있는 잉여 쌀의 처리와 보관문제로 고민하는 현실이 되었다. 국민 식생활패턴의 변화, 다수확품종개발, 재배기술향상 등 요인으로 쌀 생산량은 해마다 크게 늘어나는 데 비해 소비량은 감소하고 있다.

통계청이 발표한 2006년 쌀 소비량을 보면 지난해 국민 1인당 연간 쌀 소비량은 78.8kg으로 전년대비 1.9kg이 줄어들었다. 이는 10년 전인 1996년 104.9kg에 비해 무려 24.9%(26.1kg)가 감소한 것이다. 국민 1인당 하루 평균 쌀 소비량은 215.9g이다. 이는 밥 한 공기를 120g - 130g으로 볼 때 우리 국민은 하루에 두 공기 밥도 먹지 않는다는 계산이다.

심한 다이어트로 청소년이 영양결핍에 걸리고 어렸을 때부터 길들여진 피자, 햄버거, 소시지 등 인스턴트식품 맛에 밥을 멀리하게 되었다. 쌀 부족을 겪었던 60 - 70년대는 쌀은 질이 아닌 양의 개념이 중시되어 무조건 다수확 품종을 재배하였다.

귀한 쌀은 절약만이 부족한 양을 해결할 수 있다며 밥하기 전에 쌀 한 홉을 절약하여 보관하는 좀두리 절미운동을 전개하였다. 다수확과 절미운동으로 부족한 쌀 문제를 해결하려 했던 시기이다.

지금은 기능성 쌀을 개발하여 다양한 소비처를 찾고 있다. 일본의 경우 10여 년 전부터 기능성 쌀을 소포장으로 소비자에 공급하여 지속적인 소비량을 유지해가고 있다.

우리도 쌀의 브랜드화를 통한 고정소비자 확보에 눈을 돌려야 한다. 무공해 오리 쌀(오리농법으로 농사지은 쌀) 8분도가공미가 10kg에 3만 9천 원 해도 현실적으로 가격은 문제가 되지 않는다.

흔한 쌀을 우리 입맛에 맞게 쌀 국수, 볶음 쌀 국수, 해산물 쌀 볶음 등 다양한 요리가 개발되었으나 소비촉진을 위해서는 너무 미미하다. 더 다양한 쌀 음식을 개발하여 쌀 소비를 촉진시키고 국민건강을 증진시키며 행복을 높여줄 수 있는 노력을 국가 차원에서 기울여야 한다.

60-70년대 혼식과 분식을 국가의 중요정책으로 추진한 기억이 새롭다. 학교에서는 선생님이 도시락검사를 하여 쌀밥을 싸오면 회초리로 종아리를 때렸다. 밀가루음식은 키가 커지고 건강에 좋다며 수업시간을 이용하여 홍보에 열을 올렸다. 보리밥은 각기병을 예방하며 몸을 튼튼하게 해준다고 야단법석을 떨었다.

이제는 아련한 추억으로 기억되는 혼, 분식 구호와 캠페인을 벌이던 일이 격세지감을 느끼게 한다. 지금은 가장 흔한 것이 쌀이 되어버렸다. 굶주린 북한 동포에게 무상으로 쌀을 지원하는 일은 우리 민족사에 새롭게 기록될 것이다.

그러나 지천으로 남아도는 쌀마저 먹지 못하는 우리 이

옷이 있다는 사실을 한 번쯤 생각하기 바란다. 실제는 무의탁노인이나 호적상 장성한 자식이 있다는 이유로 생활보호 대상자로 지정받지 못하여 정부지원금을 받지 못한 채 행상이나 구걸로 생계를 꾸려가는 사람이 있다.

이들은 쌀 대신 값이 싼 라면이나 국수를 구입하여 끼니를 때우고 있다.

현실에 근거한 사회복지정책의 개선을 촉구하며 당장에 쌀이 필요한 사람에게는 시민단체나 구호기관에서 무상으로 쌀을 공급하는 대책을 세워야 한다. 풍요 속의 빈곤이 되어 다이어트, 식습관변화, 생활패턴변화 등으로 밥을 먹지 않아 쌀의 소비가 늘어나지 않고 있다.

국민건강과 체력은 국력이다. 건강한 국민만이 주어진 역할을 충실하게 수행하고 행복한 삶을 영위해갈 수 있다. 국민건강 차원에서 하루 밥 세 끼 먹기 캠페인이라도 벌여야 할 판이다. 쌀의 소비증대를 위해서 기능성 쌀을 비롯한 품종개량과 쌀 과자, 쌀 케이크, 쌀 음료수 등 맛있고 다양한 쌀 음식개발에 박차를 가해야 한다. 이에 연구비투자와 인력확충에 전력을 기울여야 한다.

식문화와 식습관을 바꿔서 국민건강을 지키기 위한 1일 3식 쌀밥 먹기 운동을 벌일 것을 제의한다. 온 국민이 하루 밥 세 공기만 먹어도 쌀 소비는 크게 늘어나며 국민건강은 좋아질 수 있다. 밥 힘으로 살았다는 조상들의 지혜는 지금도 유효함을 강조하고 싶다.

쌀은 우리 민족의 에너지를 공급하는 중요한 먹을거리라는 사실을 새롭게 생각할 필요가 있다. 우리 모두가 아침을 굶지 말고 맛있는 쌀밥을 먹어야 한다는 식습관을 길들여 갈 것을 강조한다.

(2007.2.2.)

살인만은 막아야 한다

❅ ❅ ❅

"언론매체도 생명경시 내용에 대한 기사를 자제하고 생명존중사상을 정착시켜 가는 데 앞장서야 한다. 인간제일주의와 인명중시사상에 대한 전 국민의 의식을 제고시키는 일에 모두가 참여하여 범국민운동 차원에서 이를 확산시켜 가야 할 때다."

사소한 일로 사람을 죽이는 일이 다반사로 일어나 이제는 사회적 충격마저 둔화되고 있는 서글픈 현실이 됐다. 인명의 소중함과 인간의 존엄성은 아무리 강조해도 부족함이 없으나 곳곳에서 끊이지 않고 살인을 저지르고 있어 사회가 경악하고 있다.

죽일 이유가 없는 생면부지의 불특정다수를 대상으로 인

터넷 카페를 통해 살인청부가 당당하게 이루어지고 있어 큰 문제다. 정부의 범죄예방활동과 수사의 과학화가 절실하게 요구된다. 성남남부경찰서는 인터넷포탈 사이트에 살인청부카페를 개설해놓고 살인을 의뢰받은 20대 여성을 살해한 30대를 붙잡았다.

단돈 6백만 원을 송금받고 살인을 자행한 청부살인업자와 살해 의뢰자는 아무리 관용을 베풀어도 이해하거나 용서할 수 없다. 살인 동기는 만나던 옛 여성친구가 결혼하자 이를 갈라놓기 위해서였단다.

사사로운 감정으로 좋아하던 사람을 손쉽게 죽일 수 있을까, 참으로 어처구니없는 일이다. 경찰은 수사과정에서 해결사 카페 운영자 통장에서 33명이 6천2백만 원을 입금한 사실을 밝혀냈다. 언제부터 이렇게 많은 사람을 죽이려는 사회가 되었는지 개탄스럽다. 인명은 무엇과도 바꿀 수 없는 절대적 가치를 지니고 있다.

경제를 발전시키며 문화를 꽃피워가고 정치를 선진화시켜가는 노력도 인류의 진정한 평화와 행복을 구현해가는 데 있다.

타인의 감정과 욱하는 성질에 의해서 목숨을 잃는 불행한 일만은 없어야 한다. 돈이면 다 할 수 있다는 황금만능주의와 인터넷을 통한 익명성이 자신의 범행을 숨길 수 있다는 어리석은 생각이 빚어낸 비극이다.

날로 심각해가는 사이버 범죄의 예방대책마련이 시급하

다. 현재 경찰의 사이버 수사대 인원과 장비를 확충하고 타기관과 네트워크를 형성하여 효율적인 수사망구축에 나설 때다. 학교와 사회교육과정에 생명의 존엄성을 강조하는 교육내용을 강화시켜 가야 한다.

언론매체도 생명경시 내용에 대한 기사를 자제하고 생명존중사상을 정착시켜 가는 데 앞장서야 한다. 인간제일주의와 인명중시사상에 대한 전 국민의 의식을 제고시키는 일에 모두가 참여하여 범국민운동 차원에서 이를 확산시켜 가야 할 때다.

3백 원의 사랑

"우리가 1년에 먹고 남아서 버리는 음식물 쓰레기가 13조 원에 달하며 이 돈이면 북한 굶주림을 해결해줄 수 있다. 사랑의 시작은 관심이며 작은 실천에서 비롯됨을 알아야 한다."

우리는 흔히 아주 하찮은 일에 관심을 갖지 않고 외면하지만 동전 세 닢이 위대한 사랑이 되어 추위에 떠는 가난한 사람을 따뜻하게 해주고 있다. 의지할 곳 없는 무의탁 노인들, 수입 없는 소녀소년 가장들이 추위에 떨고 있을 때 이들을 찾아가 사랑의 연탄을 나눠주는 이웃사랑의 마음이 사회공동체를 견고하게 만들어간다.

경기도 내의 수만 명에 달하는 소외되고 가난한 사람을 찾아가 격려하며 연탄을 나눠주는 일이 날로 확산되어가고 있다는 보도다. 강원도 원주에서 처음 시작한 밥상공동체는 저소득층과 기초생활 수급자를 대상으로 연탄을 나눠주었다.

추위에 떠는 이들에게 사랑의 연탄은행은 고맙기 짝이 없는 일이다. 경기도 연천군 사랑의 연탄은행에는 전곡초등학교 교사와 학생들이 돈을 모아 사랑의 연탄을 차곡차곡 쌓아가고 있다. 코흘리개 어린학생이 십 원, 백 원씩 용돈을 모아 가득 찬 돼지저금통을 꺼내면서 활짝 웃음 짓는 모습은 무엇과 견줄 수 없이 아름답다.

이 소중한 돈을 모아서 연탄은행을 운영하면서 필요한 사람은 하루에 5장의 연탄을 갖다 쓸 수 있도록 했다. 거동이 불편한 사람에게는 한 달에 1백 장씩 연탄을 자원봉사자들이 배달해주고 있다. 2003년도부터 시작한 사랑의 연탄은행은 현재 경기도에는 열 곳이 있으며 모두 후원금과 자원봉사자들에 의해서 운영한다.

앞으로 몇백 곳, 몇천 곳으로 늘어나가길 바란다. 연탄한 장 값은 3백 원이며 이것은 추위에 떠는 사람을 따뜻하게 해줄 수 있는 위대한 사랑의 힘을 갖고 있다. 이 적은 돈이 모여 사랑의 불을 지피고 함께하는 희망공동체를 일궈가는 일은 다행스럽고 아름답다.

연탄은행은 연탄공급에 만족하지 않고 먹을거리를 제공해주고 연탄보일러를 교체해주는 등 삶의 기본적인 터전을 만들어주는 사회안전망을 구축해준다. 우리 민족은 넘치는 사랑의 공동체를 이뤄서 국난을 극복했고 궁핍한 시대를 이웃과 함께 살아왔다.

빈부의 양극화가 심화되고 가진 것 없는 사람의 살림살이는 더욱 궁핍해가기 때문에 이들에게 도움은 희망이 되고 격려와 용기를 준다. 사랑과 인정은 나눌수록 커지는 이치를 깨달아 공공재화는 물론 따뜻한 마음과 정성을 함께 나누는 자세가 절실한 시대이다.

수십만 시민이 굶주림과 추위에 떨고 있는 현실을 외면하지 말고 십시일반의 인정으로 이웃과 함께할 때 겨울은 따뜻해지고 가난은 극복될 수 있다. 3백 원으로 사랑의 연탄은행에 기부하는 여유 있는 마음을 가질 때 우리 사회는 한층 아름다워질 수 있음을 강조한다.

한 번 택시 안 타고 버스 타기, 커피 한 잔 안 마시기 등 다양한 절약운동을 전개하여 연탄보내기에 참여할 것을 권한다. 사랑의 실천은 작은 일에서 비롯됨을 인식하기 바란다. 여기에서 만족하지 말고 U.N.기아대책본부에서 전개하는 식량제공운동에도 참여하고 굶주림에 허덕이는 북한 동포에게도 사랑의 손길을 보내야 한다.

한계에 봉착한 성매매 대책

❋ ❋ ❋

"성 문제는 인류의 역사와 함께해온 본능으로 이를 규제하기에는 한계가
있으므로 현실적으로 효과를 얻을 수 있는 다양하고 장기적인 대책을 추진해
가야 한다. 가정, 학교, 사회에서 건전한 성 문화 정착을 위한 자발적인
노력을 기울이며 단계별 사회운동을 전개해야 한다."

성매매가 극성을 부리고 있는 가운데 단속에는 한계가
있어 효과를 얻을 수 있는 합리적인 대책마련이 절실하다.
지난 2004년 9월에 시행된 성매매특별법이 16개월이 되었
으나 효과는 전무하다는 평을 받고 있다.

충분한 사전조사와 장기적인 대책 없이 언론플레이를 통
한 업적 쌓기 정책의 소산으로 볼 수밖에 없다. 경기도지역

의 경우 전통적인 매음굴인 수원역 주변, 평택시 삼리, 파주의 용주골의 집창촌이 축소되면서 매춘부들의 일부는 인근 주택가 원룸, 오피스텔로 옮겨갔고, 일부는 퇴폐이발소, 휴게텔, 발마사지, 안마시술소로 옮겨 성업을 이루고 있다.

불법 타락 성행위는 도를 넘어 전국 곳곳으로 퍼져가고 있으나 당국은 손을 놓고 있을 뿐이다. 주택가, 상가, 관공서 주변에서 버젓하게 호객행위가 이루어지고 있는 현실이다. 본보 보도에 의하면 수원영통, 안산상록수 인근유흥가, 군포산본 번화가에서는 퇴폐 쇼를 비롯해서 즉석 성행위가 이뤄지고 있으나 단속은 전무한 실정이다.

성매매특별법은 풍선효과가 나타나서 집창촌에서 주택가와 유흥가로 이동했을 뿐 변화가 없다. 일부 매춘부와 탈선한 가정주부들이 노래방 도우미로 일하면서 성매매춘을 하고 있어 어디를 가나 손쉽게 성행위를 할 수 있게 됐다. 지난해 경기도 경찰이 변태, 불법, 퇴폐업소를 1만 7천3백73건을 단속했으나 감소되지 않고 있다.

성 문제는 인류의 역사와 함께해온 본능으로 이를 규제하기에는 한계가 있으므로 현실적으로 효과를 얻을 수 있는 다양하고 장기적인 대책을 추진해가야 한다. 가정, 학교, 사회에서 건전한 성 문화 정착을 위한 자발적인 노력을 기울이며 단계별 사회운동으로 전개해야 한다.

교과서에 성윤리교육과정을 신설하고 성은 사랑과 생명의 본질이라는 의식을 확립해갈 때 문제해결은 접근될 수 있다.

매춘부의 재활방법모색과 단계적인 公娼제도를 검토하며
다각적이고 장기적인 정책추진만이 문제를 최소화시키거나
해결의 실마리를 찾을 수 있다.

건전한 성 문화는 범국민적인 자각과 윤리가 확립될 때에
이루어질 수 있음을 인식하여 정책을 수립해가기 바란다.

절실한 인류의 동류의식

❋ ❋ ❋

"타인에 대해 관심을 갖고 배려하는 영역이 크게 확대되어 한국에서 아시아로, 아프리카로, 온 세계로 나날이 넓혀지고 있음은 자랑스러운 일이다."

상근지구촌 시대라는 말이 황당하게 들리지 않는 것은 국제교류의 빈번함과 세계화시대의 활발한 역할 때문이다. 자본주의 체제에서 경제의 세계화는 최첨단 정보통신망을 구축하여 이미 거리의 소멸(death of distance)로 국적 없는 돈은(stateless money) 이윤을 찾아 불나비처럼 헤매고 있다.

W.T.O.의 협정은 경제적으로는 국경의 소멸을 의미한다. 선진국과 경제적으로 성공한 국가는 성장과 안정 속에 복

지를 구가하면서 삶의 질을 높여가고 있다. 경쟁에서 이길 수 없는 후진국민의 굶주림과 질병의 고통을 외면하고 있는 냉엄한 현실이다. 세계의 변동과 흐름을 무시하거나 대응하지 못했던 국가들이 겪는 슬픔이기도 하다.

조선시대 말 대원군의 쇄국정치는 우리의 근대화를 막았고 참담한 일제식민지의 고통을 감내해야 했던 계기를 만들었던 것과 다름없다. 우리나라 사람이 지금은 세계 어느 곳을 가나 기업인, 자원봉사자, 종교인으로 터를 잡고 그 나라발전을 위해서 헌신봉사하고 있다. 세계 11대 경제대국으로 성장한 우리는 이제 6·25전쟁의 처절함을 인류애로 도와주었던 역사의 고마운 기억을 잊어서는 안 된다.

대학생들은 방학이 되면 동남아, 아프리카 등지의 빈곤한 농촌지역을 찾아 의료봉사활동과 지역사회개발사업을 추진하고 있다. 국내에서도 어렵고 힘든 사람과 외국인 돕기가 매우 자연스러워졌다.

"저어, 한비야님 맞죠?", "긴급구호팀장이시지요?"라고 수줍게 물으면서 주머니를 털어서 긴급구호현장에 써달라면서 학생들은 돈을 몇천 원을 꺼내준다. 쑥스러워 목까지 빨개지는 중·고등학생이 사랑스럽다고 한다.

팀장님이 현장에서 확실하게 전해줄 것이라며 중년의 택시운전사는 한사코 택시비를 받지 않으며 아프리카에서는 이 돈이면 한 식구가 며칠간 식량을 살 수 있다며 내가 아무리 어려워도 보탤 수 있어 기쁘단다. 한비야 씨가 정말로 고맙고도 신기하다며 고백한 신문기사를 읽었다. 우리의 학 창시절은 반강제로 불우이웃돕기 성금을 갹출하거나 크리스 마스 씰을 산 기억이 새롭다.

몇 년 전만 해도 우리나라도 도울 사람이 많은데 다른 나라 사람까지 돕느냐고 따가운 질문과 눈총을 보냈던 우 리 사회를 생각하면 참으로 아름답고 성숙하게 많이 변했 다. 그만큼 다른 나라를 도울 수 있는 경제성장과 인류를 생각하는 세계시민의식이 확립되었음은 다행스러운 일이다. 타인에 대해 관심을 갖고 배려하는 영역이 크게 확대되어 한국에서 아시아로, 아프리카로, 온 세계로 나날이 넓혀져 가고 있음은 자랑스러운 일이다.

우리의 역사 속에 어렵고 가난한 나라를 도와주었던 일은 일찍이 없었다. G.N.P. 2만 달러 수준인 우리가 이제는 굶주림 과 질병에서 신음하는 인류를 도와주는 일은 당연한 일이다.

세계시민의식을 갖춘 첫 세대의 책임과 역할을 충실히 감당해가야 할 때다. 이웃나라 사람을 돕겠다는 생각이 행 동으로 옮겨져 실천할 때 훌륭한 세계시민의 일원이 됨을 인식해야 한다. 집을 나설 때마다 오늘은 누구를 위해 얼마 를 어떻게 도와줄 수 있을까 하는 기대와 설렘으로 마음이 가득할 때 삶은 풍요로워진다.

세계 속의 한국으로 거듭나서 인류애를 실천하는 한국인이 되기 위해 땀 흘려 노력할 때다. 세계화(globalization)는 경제영 역에 앞서 인간의 존엄성과 더불어 살아야 한다는 인간윤리가 먼저 이루어져야 한다. 존엄한 인간가치를 도외시하는 이기적 세계화는 가치가 없다.

우리 사회와 세계는 계층 간 빈부차이가 심해 위화감 속에 협력과 상생의 행동이 멀어져가고 있는데 이의 극복 없이는 인류의 평화와 자유를 기대할 수 없다. 인간에 대한 동류의식(同類意識)을 갖고 정성을 다하는 협력과 실천만이 가능하게 해줄 수 있다.

지구촌 구호사업과 저개발국가의 지원활동에 적극 참여하길 바란다. 굶주림 속에 질병과 무지로 인해 받아야 했던 고통을 우리는 잊어서는 안 된다. 역사의 아픔을 겸손한 마음을 갖고 인류를 사랑하는 열정으로 승화시켜야 한다. 충만한 동류의식(we-feeling) 속에 사랑과 나눔의 가치를 실천하는 인간사회의 구현으로 세계화를 이뤄가자.

인류애는 진실한 협력과 성실한 봉사로 커가는 아름다운 마음이며 보람된 행동이다.

(2006.8.17.)

해외한민족청소년 인적 자원 활용을

❋ ❋ ❋

"현실적인 여건으로 조국을 등지고 살아갈 수밖에 없는 이들에 대한 처지를 국가정책수립에 반영하여야 한다. 이들은 거주국 민족계층 중 중간계층에 속해 있으며 사회적 차별을 받고 있다. 언어, 문화 등 현지 실정을 극복하지 못하고 경제사회적으로 어려움을 받고 있어 빈곤과 하위계층의 대물림현상이 나타나고 있다."

해외에 거주하는 동포청소년을 국가발전을 위해서 활용할 수 있는 중장기 대책을 마련하여야 할 때다. 이들에게 조국에 대하여 기여할 수 있는 기회를 제공해주어야 함은 물론이다. 한민족에 대한 정체성을 확립시켜 주는 계기를 만들어주며 거주국과의 우호증진 및 교류활성화를 위해서도 중요하다.

우리나라의 해외동포는 2007년 현재 160개국에 7백4만 5천 명이며 이 중 20%를 청소년인구로 추정할 때에 140만 9천 명에 이른다. 한민족해외거주청소년은 한일합방을 전후해서 고국을 떠난 유민세대의 후손, 6 · 25전쟁 이후 살길을 찾아 해외로 떠난 이민세대의 후손, 해외로 입양하여 성장한 사람, 정치, 경제, 문화, 교육 등 이유로 한시적으로 거주하는 동포의 자녀들이 있다.

이들 부모는 조국에 대한 원망과 그리움의 恨을 안고 자녀를 키워왔다. 유럽과 구미지역에서 입양한 양부모들의 인도주의에 입각한 양육은 고마워해야 할 일이다. 해외거주 부모들은 자녀들이 조국에 가서 당당하게 잘살기를 바라는 마음이 간절하다.

현실적인 여건으로 조국을 등지고 살아갈 수밖에 없는 이들에 대한 처지를 국가정책수립에 반영하여야 한다. 이들은 거주국 민족계층 중 중간계층에 속해 있으며 사회적 차별을 받고 있다. 언어, 문화 등 현지 실정을 극복하지 못하고 경제사회적으로 어려움을 받고 있어 빈곤과 하위계층의 대물림현상이 나타나고 있다. 반면에 북미지역 같은 일부에서는 빠르게 전문직화가 이루어지고 있어 다행스럽다.

해외거주청소년은 대부분 이중적인 정체성 성격을 띠고 있으며 세대가 멀어질수록 한국인으로서 지녀야 할 정체성, 민족의식, 언어능력이 떨어지고 있어 이들에 대한 국가의 지원이 절실한 실정이다.

해외 한민족청소년의 인적 자원정책의 문제는 거주국의 청소년 인적 자원정책에서 한민족청소년에 대한 고려가 미약하다. 자국민 청소년육성정책을 우선적으로 실시하고 한민족 같은 소수민족에 대한 지원이 부족하다. 한민족청소년에 대한 정책이 우리나라와 외교적인 연계를 갖추지 못하고 있기 때문이다.

외국의 한민족청소년 인적 자원정책 수준이 매우 열악하며 통계와 기초자료가 없어 정책수립이 어렵다. 아직은 해외거주청소년을 위해서 국가에서 적극적인 정책을 수립하지 못하고 있으나 시급히 대책을 수립하여 해외인력확보에 노력하여야 한다. 국내의 부족한 노동력확충과 인력개발 비용을 줄일 수 있는 하나의 방법이기도 하다.

성장하면서 익힌 외국어와 문화를 국내기업에서 활용하므로 홍보와 수출 등 생산력을 향상시킬 수 있다. 격변하는 시대의 고통과 시련을 극복하지 못한 조국의 책임도 크기 때문에 해외거주청소년에 대한 적극적인 지원정책을 실시하여 이들의 능력을 국가발전에 활용할 수 있도록 하는 일이 중요하다. 재외동포에 대한 문화교육 현지기관인 한국학교, 한국교육원, 한글학교, 교육관실 등을 확충하여야 한다.

현지에서 한국문화와 한글을 배울 수 있는 여건제공과 기회마련 없이는 진정한 인력개발을 기대하기 어렵다. 한글과 우리말 교육을 무상으로 실시하고 우리 문화를 익히게

하며 모국방문기회를 활성화시키는 일이 우선이다.

해외한민족청소년 인적 자원개발과 활용관련 업무를 총괄할 수 있는 주체기관의 통합화가 필요하다. 내실 있는 지원과 활용 프로그램개발, 관리, 평가가 요구되며 각 부처의 전문성에 맞게 상호협조체제 구축을 서둘러야 한다. 해외한민족거주청소년을 위한 통합적인 프로그램을 단계적으로 개발하여 지속적으로 실천해가는 일도 중요하다.

지금부터 해외거주청소년에 대한 인적 자원을 확보하고 개발하여 활용할 수 있는 적극적인 대책을 마련해가야 한다. 정부의 노력과 함께 국민의 동참이 중요하다. 패밀리 호스트운동을 전개하여 국내의 청소년가정과 교류를 통한 인간관계의 확충은 실질적인 상호교류를 증진시킬 수 있다.

또한 우리 문화를 빠르고 효과적으로 습득할 수 있는 좋은 방법이기도 하다. 교환학생프로그램을 확대하여 많은 동포청소년에게 국내교육기회를 부여해주어야 한다. 해외한민족청소년에 대한 정책의 일원화와 통일화를 위해서 교육인적 자원부에서 관할하는 것이 바람직하다.

지속적인 교재지원, 교류활동 강화, 현지교육시설확충은 해결해야 할 당면과제다. 이번 대선주자들은 교육 분야 정책에 해외청소년인력자원 활용계획을 명시할 것을 제안한다.

(2007.12.6.)

세계화시대의 한류우드건설을

❄❄❄

"먹을거리, 볼거리, 체험 거리 등 다양한 문화욕구를 이곳에서 모두 충족시켜 줄 수 있는 종합기능발현공간으로 인프라를 구축할 것을 주문한다. 세계인의 꿈과 낭만을 심어주고 아름다운 추억을 생성시켜 주는 한류우드조성을 기대해본다."

21세기는 문화의 시대로 문화가 국가발전의 원동력을 좌우하게 되어 경쟁력 있는 개발과 육성이 절실하다. 문화산업의 중요성을 인식한 경기도가 사업발표 10개월 만에 한류우드착수선포식을 가졌다.

아시아에서 세계로 한류열풍을 일으키기 위해 경기도 고양시에 한류우드조성사업을 추진하게 됐다. 16일 고양시 한

국국제전시장에서 개최된 선포식에는 5천여 명의 시민이 몰려들어 관심을 고조시키고 있다. 고양시 장장동, 대화동 일대에 30만 평의 규모로 2010년까지 조성을 완료하여 콘텐츠개발, 생산, 유통이 종합적으로 이뤄지는 문화산업 클러스터로 조성해가게 된다.

내년 상반기에는 사업자를 선정하게 되는데 선정기준에 장래성, 공공성, 사명감, 예술성, 윤리성을 기준에 포함시켜야 할 것이다. 한류 국제비지니스 센터, 테마파크, 호텔, 한류벤처센터, 영상제작 스튜디오, 미디어 교육센터, 한류 박물관 등을 입주시킬 계획이다. 인근의 파주출판단지, 파주 L.C.D. 단지, 파주영어마을. 킨텍스, 일산호수공원, 헤이리 예술마을 등 주변이 한국문화역량 집결지로 이를 잘 활용할 수 있는 시스템을 개발하고 연계체계를 확립해야 가는 노력이 중요하다.

한류우드조성지는 접근성이 뛰어나고 연계자원이 풍부한 장점을 살려서 상호협력 시스템을 갖춰가는 노력이 전제돼야 성공할 수 있다. 반만년의 유구한 역사 속에 자리잡아 성장해온 우리 문화를 세계에 소개하고 널리 알리는 일도 중요하지만 이것을 상품화하여 고부가가치를 올리는 노력에 심혈을 기울여야 한다.

프로그램개발과 운영, 연구단, 자문위원 등 조직도 소홀히 해서는 안 된다. 굴뚝 없는 미래 산업으로 각광받고 있는 문화산업의 터전을 견고하게 자리매김해가기 위해서 경

기도는 물론, 국가발전에 기여하는 한류우드조성에 기대를
충족시켜 주기 바란다.

먹을거리, 볼거리, 놀 거리, 체험 거리 등 다양한 문화욕
구를 이곳에서 모두 충족시켜 줄 수 있는 종합기능발현공
간으로 인프라를 구축할 것을 주문한다. 세계인의 꿈과 낭
만을 심어주고 아름다운추억을 생성시켜 주는 한류우드조성
을 기대해본다.

도박천국의 '바다이야기'

❅ ❅ ❅

"이번 사건은 서민의 정부를 자청하고 나선 정체성을 훼손시킨 치유 못할 상처가 됐음을 심각하게 인식하기 바란다. 땀 흘린 노동의 대가만큼 대우를 받는 정의와 분배가 외면되고 불균형이 존재할 때 사회는 불신과 혼란만 가중시키게 된다."

올여름 끄트머리에서 야기된 바다이야기로 세상이 뜨겁게 달궈지고 있다. 대박을 터트려 한탕 하는 수밖에 없다는 망상과 사행심을 조장시킨 파렴치한 사건이 발생했다. 취업을 못 해 희망을 접으려는 많은 젊은이들, 생활고에 시달려 자살을 생각하는 사람들을, 평범한 직장인을 유인하여 주머니를 턴 업주, 정치인, 정부관리, 폭력배 등이 합작한 부패구조가 폭발했다.

　정부는 국민에게 희망에 찬 용기와 활력을 주지 못할망정 사행심을 조장시킨 일에 대하여 국민에게 진심으로 사과해야 한다. 경제문제를 극복하지 못하고 방치하는 수준에서 생활밀착정책을 실패한 노무현 정부는 민중의 기대와 희망의 싹을 무참하게 밟아버린 결과를 초래했다.

　사행심을 조장시키는 도박 업자를 관리하고 단속하며 국민의 건전한 문화 창출에 앞장서야 할 문광부관리, 경찰, 감사원, 국회의원이 공동으로 직무를 유기한 결과로 볼 수 있다. 오늘도 전국 1만 5천여 개의 성인오락실에서 도박판이 벌어지고 있는 현실이다.

　바다이야기는 전국오락실의 80%를 장악하면서 불법과 변칙을 일삼아 도박을 해왔다. 100원을 배팅했을 경우 최고 당첨금이 2만 5천 배인 250만 원으로 늘어나도록 개·변조하여 메모리 연타기능을 추가했다.

　지난해에 1215억 원에서 금년에는 1600억 원의 매출이 예상되는 도박시장을 급성장시켜 국민의 사행심을 조장시키는 일에 바다이야기가 중심에 서있다. 2004년 12월 바다이야기가 경품용 상품권에 대한 인증제를 도입되면서 4천억 원 규모에 지나던 상품권시장이 30조 원 규모로 급성장했다.

　업주, 정치인, 관리들의 유착관계는 시민단체의 국민감사청구를 외면했고 국회의원이 발의한 경품용 상품권 폐지법안은 동료의원의 외면으로 자동폐기됐다. 부패구조의 먹

이사슬을 끊기가 쉽지 않음을 알 수 있다. 결국 서민들을 도박중독으로 몰아넣고 업자와 폭력배, 정치인의 배를 채운 정부의 직무유기는 지탄받아 마땅하다.

경제학 창시자 아담 스미스(Adam Smith)는 "특정개인이나 소수집단의 이익에 얽매여 국부를 허비하지 않게 공공제도를 운영할 의무가 있다."라고 했다. 그러나 참여정부는 이 의무를 포기했기에 바다이야기 같은 사건이 일어났다.

소수업자와 정치인의 배를 채워주기에 급급했고 피해를 서민이 떠안는 꼴이 됐다. 결국 정부는 게임업자와 상품권 발행업자들의 이익을 대변해주고 도와준 결과를 초래했기 때문이다.

사행성 게임 산업을 변칙육성시킨 문광부는 책임을 면키 어렵다. 업자의 로비와 정치권력의 결탁으로 다시 한 번 서민의 호주머니를 턴 이번 사건은 배후의 정치인과 폭력배 및 업자의 유착관계를 철저히 파헤쳐야 한다. 바다이야기의 이용자 중 47%가 월평균소득 2백만 원 미만인 서민들이라는 사실에 정책부재의 단면을 볼 수 있다.

경찰의 업주비호와 뇌물 챙기기도 발본색원해야 할 문제다. 문광부와 문광위 소속국회의원의 부당한 행위도 철저하게 밝혀내야 한다. 경품용 상품권 폐지 법안을 검토조차 하지 않고 자동폐기시킨 국회의 직무유기도 유권자의 비난을 받아야 마땅하다. 총체적 불법과 구조적 부패구조에서 발생한 사건의 근본치유대책이 필요하다. 참여정부는 개혁을 외쳤지만 도박공화국건설에 앞장섰다는 수모를 겪어야 한다.

이번 사건은 서민의 정부를 자청하고 나선 정체성을 훼손시킨 치유 못 할 상처가 됐음을 심각하게 인식하기 바란다. 땀 흘린 노동의 대가만큼 대우를 받는 정의와 분배가 외면되고 불균형이 존재할 때 사회는 불신과 혼란만 가중시키게 된다.

도박과 놀이의 영역을 확실하게 구분하여 변칙적인 탈법행위를 방지할 수 있는 근본적인 제도 마련과 시스템 확립을 촉구한다. 미숙하고 실패한 문화관광부의 오락정책은 바다이야기 같은 도박범죄를 양산시키고 있음을 인식하여 국가의 통합관리 등 재발방지책을 세우는 일이 시급하다.

상품권발행과 환전 등에 대한 엄격한 규제가 있었다면 이런 일은 발생하지 않았을 것이다. 허탈감에 빠진 서민을 위로하고 심각한 사법당국의 도덕적 해이를 극복하기 바란다.

바다이야기사건을 계기로 도박천국이라는 오명을 씻기 위한 국민적 자각과 정부의 노력이 절실하다. 건전한 여가와 참된 노동 가치를 존중하고 실현하는 정책수립을 정부는 서둘러야 한다.

(2006.9.1.)

선진신뢰사회를

✳ ✳ ✳

"관용과 신뢰축적은 도약의 원천이 되어 사회 발전을 키워간다는 사실을
인식해야 한다. 스웨덴과 아일랜드는 국민갈등을 극복하고 신뢰사회를 이뤄
선진국으로 성장해가고 있다. 정직한 신뢰사회는 사회적 비용을 감소시켜
경제성장에 지대한 영향을 미친다."

거짓과 불신이 판치는 현실을 극복하기 위한 범국민운동
의 전개가 절실한 때다. 정치권에서 대선후보들의 검증을
놓고 벌어지는 진실게임이 가관이 아니다. 어쩌다 우리 사
회가 진실이 실종되고 거짓이 횡행하는 세상이 되었는지
개탄스럽다.

말 바꾸기 잘 하는 한국정치인이라지만 변명하고 거짓말

하는 수준이 도를 넘고 있다. '의심이 간다', '그런 것 같다', '카더라' 등으로 멀쩡한 사람을 매도하며 여론을 조작하기에 신이 났다. 대선예비후보자 간의 비방과 합종연횡이 꼴불견이다.

요즈음 검찰이 정신없이 바빠졌다. 정치권에서 쉴 사이 없이 고소고발사건이 들어오기 때문이다. 국회의원의 70%가 전과자라는 통계는 우리 정치의 윤리수준을 가늠할 수 있는 숫자다.

과연 이들이 사회를 위해 어떤 법률을 제정하겠는가. 국가와 국민을 위해 기여하는 법을 만드는 사람이 위법을 저지르고 사법부에 맡기는 작태가 한심스럽다.

가장 법을 잘 지키는 사람이 새로운 법을 만들고 법질서를 확립하는 데 앞장서야 국민이 신뢰하고 지킬 것이 아닌가. 소위 국가와 민족을 위해 봉사하고 헌신하겠다는 대통령예비후보들의 비방과 고소, 고발 수준이 혀를 차게 한다. 청소년을 비롯한 국민에게 제일 크게 영향을 미치는 집단이 정치인이라 문제의 심각성을 외면할 수 없다. 그런데 이들의 신뢰수준이 최하위를 기록하고 있다.

최근 조사한 우리나라의 신뢰지수는 44점으로 낙제점을 기록했다. 그중 사회지도층이 15.8점, 정치인이 17.4점을 나타내고 있다. 도덕성이 41.9, 책임의식이 37.2인 후진사회의 극복이 절실하다. 사회지도자와 정치인이 앞장서서 진실을 이야기하고 국민에게 희망을 주는 신뢰사회가 이루어질 때에 선진국이 될 수 있다.

비전2030 민간작업단의 자료는 사회적 자본, 성장분배 인적자본, 국제화, 성장 동력 네 가지 영역의 선진국 성공요인을 다음과 같이 지적하고 있다.

첫째, 사회적 자본으로 강력한 리더십 정책의 일관성과 노, 사, 정 대타협에 의해 공동대처를 하여야 한다.

둘째, 성장분배와 인적자본으로 작은 정부, 친기업 조세개혁, 노동시장의 유연성, 인력개발을 하여야 한다.

셋째, 국제화로 개방에 의한 글로벌 경쟁력 제고, 인프라자원, 외국자본 등을 우대하여야 한다.

넷째, 산업핵심, 산업의 클러스터화, 연구개발 및 시장의 전략적 지원이다. 우리나라의 신뢰수준은 국제사회에서 하위를 면치 못하고 있다. 10점 만점에 스웨덴이 6.63, 일본이 4.31, 한국이 2.73을 나타내고 있다.

관용과 신뢰축적은 도약의 원천이 되어 사회 발전을 키워간다는 사실을 인식해야 한다. 스웨덴과 아일랜드는 국민갈등을 극복하고 신뢰사회를 이뤄 선진국으로 성장해가고 있다. 정직한 신뢰사회는 사회적 비용을 감소시켜 경제성장에 지대한 영향을 미친다.

한국개발연구원(KDI)의 연구결과에 의하면 우리나라는 법과 질서를 지키지 않아 매년 1%씩 경제성장을 까먹고 있다. 1991년부터 2000년까지 10년간 10%의 경제성장을 까먹을 결과다. 정직과 신뢰는 경제성장의 중요한 요소가 된다는 이유가 여기에 있다.

정직한 신뢰사회에서는 위법, 탈법을 저지를 일이 없다. 대화를 통해서 원만한 의사소통을 하면서 타협하는 문화를 키워가야 한다. 인간은 대화하는 동물로 모든 것을 상호간에 이야기를 하면서 해결해갈 수 있다.

진실한 대화는 신뢰를 쌓아서 행복한 삶을 가능하게 해준다. 신뢰 속에 자율성이 발로되어 각자의 역할을 충실하게 영위해갈 때에 선진사회는 이뤄질 수 있으며 국민 각자의 행복은 커갈 수 있다. 우리나라는 경제의 압축 성장, 시민사회의 위축, 급속한 도시화와 산업화 등으로 불거진 문제를 안고 있다.

이런 실정에 선진국의 법과 제도를 이식하고 사회모형을 졸속으로 도입하다 보니 또 다른 문제를 야기하게 됐다. 우리의 현실과 거리가 있거나 모호한 제도가 존재하는 사회는 정당한 규범의 권위가치가 취약하기 마련이다. 괴리가 있고 문제가 있는 법과 제도를 개선하고 신뢰사회의 문화를 정착시켜 가기 위한 노력을 기울여야 한다.

불신과 거짓이 악순환하는 사회는 경제나 사회가 발전할 수 없기 때문에 정직한 믿음의 사회를 만들어가야 한다. 신뢰할 수 있는 정직한 사회만이 생산성을 높이고 진정한 행복을 추구하며 잘 살 수 있다.

행복한 선진사회 건설을 위해서 최선의 노력을 다하는 사회구성원으로 역할을 다하여야 한다. 경제성장에 걸맞은

신뢰관계를 유지하면서 내일의 도약을 위해 노력할 때임을
강조한다.

(2007.8.16.)

미래의 녹색농촌건설을

✿ ✿ ✿

"세계시장개방으로 경쟁력을 상실해가는 미맥농업을 도시 관광객을 유치
하여 교육, 정서, 관광기능을 발현시킬 수 있는 녹색농업의 발전을 위해 체
계적이고 장기적인 계획을 수립하여 지역특성에 맞는 사업 되길 바란다."

수익성이 낮은 농촌의 전래적인 답전작물 중심농업에서
탈피하여 농업과 관광이 함께 어우러진 자연체험영농장으
로 변화시켜 가려는 노력이 활발하다. 그린 투어리즘(green
tourism)의 실현을 통해서 도시민에게 여유 있는 휴식공간,
새로운 체험공간을 제공해주며 농산물판매, 가공사업, 숙박,
음식물서비스를 제공해주는 도농 협력 사업에 대한 기대가
크다.

지역별로 특색 있는 작물을 재배해서 대안관광 상품으로 개발하는 경관농업을 추진해가기로 했다. 도는 3－5만 평 규모의 경관조성을 통해서 시각적 효과와 테마공원의 효과를 극대화하여 경관농업을 육성시켜 갈 방침이다.

농업이 벼와 밭작물 재배로는 한계가 있어 소득증대와 교육기능 사회공헌도가 높은 녹색체험 농촌건설이 절실했기 때문이다. 농촌마을은 다양한 볼거리, 먹을거리, 만들 거리를 관광객에게 제공하므로 수입을 창출해갈 수 있다.

관광 상품은 전국에 산재해 있으므로 특성 있는 대규모테마를 갖춘 경관농업을 실시할 경우 성공할 수 있다. 만 5천 평 규모로 조성되는 작물경관단지에는 보리, 자운영, 유채, 도라지 등 시각적 효과를 갖춘 작물을 재배하여 시ㆍ군별로 경관농업을 장려할 방침이다.

경관작물단지는 전북고창의 청보리단지, 강원도 평창군의 메밀단지, 제주도의 유채단지와 같이 목화, 코스모스, 해바라기, 유채, 야생화 등을 지역실정에 맞는 작물을 대규모 단지로 조성해 볼거리를 제공해간다.

만여 평 규모로 조성되는 화훼경관단지에는 야생화원, 초원, 겨울정원 등을 조성해서 사계절 볼거리를 제공하며 1천여 평의 중앙광장에는 야외교육장을 비롯한 그늘 집, 수경시설 등 관광객 편익시설을 갖출 계획이다. 또한 우리 밀, 메밀, 보리단지 등을 조성하여 경관지역조성과 함께 농가손실보전을 해준다.

이에 때맞춰 농림부도 녹색체험 농촌개발의지를 보이고 있으며 2007년까지 유채, 해바라기, 메밀, 코스모스, 목화, 야생화 경작 농가를 대상으로 평당 17만 원의 직불금을 지급한다. 농림부는 창포, 연, 보리, 밀 등 경관작물 확대재배를 중요시책으로 전개하며 직불금을 상향조정하고 대상지정 조건을 확대해가기로 했다.

세계시장개방으로 경쟁력을 상실해가는 미맥농업을 도시 관광객을 유치하여 교육, 정서, 관광기능을 발현시킬 수 있는 녹색농업의 발전을 위해 체계적이고 장기적인 계획을 수립하여 지역특성에 맞는 사업이 되길 바란다. 농업은 현실성을 중시해야 함을 강조한다.

희망의 환황해권 개발

❄ ❄ ❄

"환황해권은 동북아는 물론 나아가 환태평양권과 연결을 기대할 수 있어 개발 잠재력이 무궁무진한 지역이다. 중장기 개발계획을 수립하여 성실하게 추진해가야 함을 강조한다. 환황해권의 개발과 국제관계는 지방정부의 한계가 있으니 중앙정부와 협력하여 개발을 이끌어가야 한다."

본격적인 해양시대가 도래하는 21세기를 맞아 동북아는 물론 세계를 선도하는 국가로서 위상을 확립하여 역할과 기능을 다해가야 한다. 지정학적으로 서해안의 개발과 교류의 확대를 통한 대안모색이 절실한 때다.

한·중·일 3국을 비롯한 동북아 경제권이 확대되고 특히 중국경제의 급성장은 우리나라 발전에 커다란 영향을 미치게 된다. 무한한 자원의 보고인 바다는 수산자원, 지하자원은 물론이고 물류수송과 휴양기능 등이 복합적으로 활용할 수 있기 때문이다.

지난달 말경에는 경기, 인천, 충남, 전남, 전북 서해안 5개 시·도지사가 한자리에 모여 제2환황해권은 동북아는 물론 나아가 환태평양권과 연결을 기대할 수 있어 개발 잠재력이 무궁무진한 지역이다.

중장기 개발계획을 수립하여 성실하게 추진해가야 함을 강조한다. 환황해권의 개발과 국제관계는 지방정부의 한계가 있으니 중앙정부와 협력하여 개발을 이끌어가야 한다. 공동발전을 모색하기로 의견을 모았다. 연 2회 개최하기로 합의했음에도 불구하고 4년 만에 열린 이번 회의는 합의나 선언적 의미가 아닌 구체적이고 실질적인 추진을 실천해가야 한다.

인구 14억 명이 살고 있는 대중국시장의 무한한 잠재력을 상대로 하는 무역전초기지로서 서해안은 적합하다. 접근성, 이동성, 경제성, 합리성이 높은 이 지역을 효율적으로 개발하여 수출입물량보관과 이동기능을 활성화할 때에 보관료와 운반비용은 천문학적인 액수가 될 것이다.

지난해 중국의 실질 G.D.P.는 10.7% 성장하였고, 9천6백91억 달러의 수출고를 기록하였다. 외환보유고가 1조 달러를 넘고 있다. 국제경제의 환경을 이해하고 환황해권의 백년대계를 서둘러 개발계획을 수립해야 한다. 중국어, 중국문화, 중국역사를 잘 아는 인재발굴과 인력개발을 위한 철저한 준비와 정책추진이 필요하다.

환황해권은 동북아는 물론 나아가 환태평양권과 연결을 기대할 수 있어 개발 잠재력이 무궁무진한 지역이다. 중장기 개발계획을 수립하여 성실하게 추진해가야 함을 강조한다. 환황해권의 개발과 국제관계는 지방정부의 한계가 있으니 중앙정부와 협력하여 개발을 이끌어가야 한다.

이번 시·도지사협의회에서 합의한 서해안 철도조기건설, 서남해안 일주도로(국도77호선), 서해안권 관광개발사업 추진, 시·도연구원 포럼구성과 운영 등 사업을 조속히 추진해가야 한다. 현실적으로 포화상태에 이른 경부선철도의 물동량을 서해안고속도로에서 충분히 해소할 수 있다.

머지않은 장래에 이루어질 남북철도, 유라시아횡단철도 연결망 사업추진도 서둘러야 한다. 서해안 시도지사협의회에서 제기한 중국무역 주재관을 공동으로 운영하는 방안을 모색하여 실천해야 한다. 서해안자원을 비롯한 우리나라 수출전진기지로 확대시켜 가야 한다. 서해안지역 주요 현안사업과 협력사업을 발굴하여 신속하게 추진해가는 데에 힘을 모아야 할 이유가 여기에 있다.

교통량과 물류비용이 증가되고 접근성과 이동성이 좋은 남해권의 관광사업을 서해안으로 확대 유치할 수 있는 현실적인 장점이 있다. 앞으로 우리 사회는 주5일제 근무와 해양레저수요증가에 따라 관광기반시설을 확충하고 관광객 유치사업을 적극적으로 추진해가야 한다. 서해안권 관광개발 사업에 4조 9백67억 원이 소요되는데 소요예산을 국가에서 충당해줄 것을 촉구한다.

중국의 저비용에 풍부한 노동력, 높은 저축률, 저금리, 외자도입, 고축적 고정자산 확보 등 여건을 철저하게 분석하여 서해안 개발투자정책에 활용하여야 한다. 과감하고 실리적인 투자여건을 조성하여 투자개발과 성장을 유도하는 경제개발에 대한 시·도지사협의회의 주도적인 역할을 기대해본다.

서해안을 거점으로 동북아지역의 지역개발균형화와 경제성장축의 지속적 개발정책을 수립하여 과감하게 추진해갈 것을 기대한다. 서해안 광역지자체와 중국 간의 5:5경제협의체는 북한을 개방으로 끌어내는 중요한 역할을 할 수 있음도 염두에 두어야 한다.

21세기 희망의 지대인 서해안을 국가와 지방자치단체가 협력하여 장기계획을 수립하여 실질적으로 추진해갈 때에 무한한 발전가능성을 기대할 수 있다. 더 나아가 서해안은 아세안의 빈곤을 해결하고 인류의 자유와 평화를 성장시켜 진정한 행복을 구현하는 사랑과 번영의 전진기지로서 자리매김해가야 할 때다.

서해안은 동방의 등불이 되어 전 세계를 밝혀나갈 수 있는 곳이다. 또한 지역과 국가의 성장기지로서 인류의 평화와 번영기지로 그 사명과 역할을 다할 수 있도록 국민의 중지를 모아 과감하게 추진해야 할 당면과제임을 인식해야 한다.

(2007.7.5.)

호스트 패밀리 운동의 활성화를

❋ ❋ ❋

"외국인이 귀국 후에도 호스트 패밀리와 지속적인 연락을 통하여 유대관계를 유지해서 한국을 소중하게 생각하고 아름답고 좋게 소개할 수 있도록 해주는 일이 중요하다. 그렇지 못할 때는 인종갈등과 민족대립을 야기하여 세계화시대를 역행할 수밖에 없다."

지구촌이라는 단어가 낯설지 않듯이 빠르게 변화되어가는 세계화는 우리에게 인류애의 소중함을 요구하고 있다. 인류애는 공동체 활동을 통해서 구현할 수 있으며 타인에 대한 배려하는 마음을 갖고 실천할 때에 가능해진다.

사회구성원 간의 이해와 사랑을 바탕으로 믿음의 사회관계를 이뤄갈 때에 삶의 가치는 빛나고 인류애는 이뤄질 수 있다. 우리 현실은 40만 명이 넘는 외국인 이주노동자가 일하고 있으며 국제결혼비율이13%를 넘어선 다문화사회가 도래하고 있다. 다문화가정구성원은 차별, 따돌림, 폭력, 심리적 스트레스, 인권유린 등에 시달리고 있어 대책이 절실하다.

다문화주의는 자기 사회나 자기 나라 안에서 다른 문화에 대한 입장을 수용하는 자세를 필요로 한다. 다문화주의 핵심은 한 사회나 한 국가 안에서 복수의 문화가 존재한다는 사실을 받아들이고 각 문화가 갖는 고유의 가치를 존중해주어야 하기 때문이다.

다문화육성과 활성화를 위한 한 방법으로 호스트 패밀리 운동을 통해서 한국문화를 소개하고 경험하게 해주며 우리 사회를 이해하여 일상생활에 적응해갈 수 있도록 도와주어야 한다. 이들이 귀국해서는 고마운 마음으로 한국을 홍보하는 역할을 할 수 있게 만들어주는 일이 중요하다.

Host family 운동은 외국인과 자매결연을 하고 가정에서 홈스테이도 하면서 우리 문화를 소개하며 친밀감을 갖게 하며 아름다운 추억을 만들어주어 한국을 잊지 못할 나라로 만들어주는 기능을 하게 된다. 서로 다른 문화, 언어, 관습을 가진 사람들이 만나 한 가정에 입주하여 일정기간을 함께 생활하여 음식문화와 가정 규칙 및 가치관의 차이를 해결해 가면서 서로의 기쁨과 우정을 나누고 이해해가야 한다.

이런 과정을 통해서 친밀감은 더해지며 host family 운동에 참여한 사람은 현지 인간관계나 언어습관과 생활방식을 깊이 이해하게 된다. 이 운동은 세계평화와 민족 간 상호이해를 증진시키게 하는 순기능을 지니고 있다.

고국을 떠나 낯선 이국에서 살아가는 많은 사람들은 기쁨보다 슬픔과 어려운 사연을 안고 인내로 꿈을 키워가는 사람들이다. 이들에게는 격려와 용기를 북돋아주는 인정이 소중하고 절실함을 인식해야 한다. 조국에서의 한(恨)을 이국에서 이루려 하는 사람들이다. 특히 아세안 드림을 안고 입국한 코시안과 아세안에게 따뜻한 인정을 베풀고 감싸안을 수 있는 아량이 필요한 때다.

수많은 외침과 일제의 압제를 경험한 우리는 어렵고 힘없는 아세안에게 정답고 희망을 주는 따스한 마음을 실천해야 한다. 그렇지 못할 때 이들은 고국에서의 슬픔과 한국에서 고통이 상승작용을 하여 몇 배가 더 고달파진다는 사실을 인식해야 한다. 아세안! 그들은 한국에서 희망과 꿈을 찾기도 했다. 반면에 멸시와 천대 속에 분노와 절망의 늪에 빠져 허우적거리며 통곡하고 있다.

이제 우리가 그들의 상처를 치유해주고 희망의 불씨를 전해주어야 할 때다. 더욱 가까워진 지구촌시대를 살아가며 결코 소홀히 하거나 외면할 수 없는 일이 아세안을 비롯한 외국인을 우리 가정에 초청하여 문화와 전통을 알려주고 희망을 키워주는 일은 매우 가치 있는 일이다.

그 대안 중 하나로 패밀리 호스트 운동을 강조하고 싶다.

성공적인 패밀리 호스트 운동을 이루기 위해서는 가족의 일원으로 유대감을 키워주며 함께 미래를 가꿔가는 일이다. 이를 위해서 지방자치단체, 기업, 시민단체, 종교단체가 앞장서서 외국인 노동자와 자매결연을 하여서 활발하게 교류하고 상대방 문화를 이해하며 언어를 익혀서 사용하여야 한다. 현지 생활습관을 익히며 적응하여 능동적으로 생활하는 일이 절실하다.

다른 상황과 비교하지 말고 능동적으로 생활하면서 참된 행복과 꿈을 키워가게 해준다. 관광 차원의 생각을 버리고 문화체험에 적극적으로 동참하는 자세를 가져야 한다. 다문화사회는 소수의 외국인이 사회의 중심에서 떳떳하게 자기 문화를 향유할 수 있도록 해주어야 한다. 인격적으로 평등한 주체가 구성하는 다양성이 자기 자신임을 자각하여 협력과 개성의 합일을 이뤄가는 데 있다.

외국인이 귀국 후에도 호스트 패밀리와 지속적인 연락을 통하여 유대관계를 유지해서 한국을 소중하게 생각하고 아름답고 좋게 소개할 수 있도록 해주는 일이 중요하다. 그러지 못할 때는 인종갈등과 민족대립을 야기하여 세계화시대를 역행할 수밖에 없다. 호스트 패밀리 운동은 이런 문제발생을 예방할 수 있는 대안이다.

다인종, 다문화시대에 우리가 경쟁력을 갖추기 위해서는 이들의 부적응과 어려움을 지원해주며 극복하도록 노력해주어야 한다. 호스트 패밀리 운동을 효과적으로 추진하여 새

로운 식구가 된 외국인을 정겹고 따뜻하게 대해 주는 일에
더 많은 노력을 경주해갈 때에 활성화를 기대할 수 있다.

(2007.1.12.)

한 학기 만에 폐교되는 탁상행정

※ ※ ※

"교육당국은 학교건립 전에 지역사회주민의 여론 수집, 학생수급예상조사,
예산계획 수립과 집행을 과학적이고 현실적으로 할 수 있는 시스템을 마련
해야 한다."

신입생 수요예측을 잘못해 개교한 지 6개월 만에 문을
닫는 학교가 생겨 교육행정에 대한 구조적 문제와 시민불
신이 고조되고 있다. 금년 3월 개교한 용인시 죽전지구 내
청운초교가 개교한 지 한 학기 만에 학생부족으로 문을 닫
게 됐다.

학교신축 때부터 지역교육관계자와 학부모들은 학생부족

을 우려했으나 교육청이 이를 외면하고 사업을 강행한 결과다. 인근 아파트의 입주지연, 공동학구, 학부모의 기피 요인, 학교규모 산정 근거가 되는 세대당 초등학생 수의 과다 계상 등 수많은 민원이 개교 전에 제기됐으나 교육청은 수용하지 않았다.

지난 5월 감사원의 감사결과 초등학교 8개교를 신설하면서 학생 수요 예측 잘못으로 2개교를 과다 설립했다는 지적을 받고 폐교를 결정했다. 청운초교는 당초 36학급 학생 수용을 예상하고 계획을 수립해 150억 원을 들여 지상 5층 규모의 교사를 건립했다.

교육은 백년지대계로 시설 또한 미래교육수요와 현재의 교육활동에 충실해야 함은 물론이다. 주먹구구식 교육행정이 혈세를 낭비하고 학생에게 피해를 준 결과를 초래했다. 150억 원이면 낡은 학교 수백 개를 보수할 수 있는데 판단 잘못으로 낭비하게 됐다. 더구나 한심한 것은 청운초교 자리에 고교를 세우면 된다는 변명과 자기합리화가 도를 넘으며 공공재를 소홀하게 생각하는 공무원의 의식이 문제다.

전형적인 탁상행정의 표본으로 반드시 책임을 물어서 끝까지 책임지는 교육행정 풍토구현의 기틀을 마련해야 한다. 학생 26명은 인근 학교로 전학가게 되는데 이들의 정신적 충격과 사회 심리적 적응에 따른 문제발생이 예상되므로 대책마련에 만전을 기하기 바란다. 전학 갈 학생에 대한 부적응 예방대책과 적응 프로그램을 마련하여 철저히 지도할 것을 주문한다.

이들 학생들에게 두 번 피해를 줘서는 안 되기 때문이다.
교육당국은 학교건립 전에 지역사회주민의 여론 수집, 학생
수급예상조사, 예산계획 수립과 집행을 과학적이고 현실적으
로 할 수 있는 시스템을 마련해야 한다.

이번 청운초교문제를 교육행정의 타산지석으로 삼아 재발
방지에 만전을 기하기 바란다.

심각한 공무원의 도덕적 해이

※ ※ ※

"공직자는 공공재화가 국민 모두를 위해서 공평하고 의롭게 활용되는 데
앞서야 한다. 돈을 위해서는 수단 방법 가리지 않는다는 타락한 사람이
공적업무를 올바르게 추진해갈 리 없기 때문이다."

경기도 양주시 택지개발예정지는 공무원들이 보상금을 노
리고 불법 건축행위를 자행해온 투기장의 요람이 되고 있
다. 최근 감사원과 검찰이 1백여 명의 공무원이 불법, 탈법
으로 부동산투기와 보상금을 받기 위해 건축한 탈법건축물
을 무더기로 적발했다.

경찰, 관세청, 교육청, 출입국관리사무소, 지자체 공무원

들이 앞 다투어 부동산중개업자와 공모하여 수십 억대의 부동산을 투기한 혐의를 받고 있다. 지자체 국장은 개발정보를 사전에 빼내 보상금을 받을 수 있음을 인지한 후 불법을 공모하여 확대생산에 앞장섰다. 이들은 부인, 친인척 명의로 택지지구 내에다 축사 10여 채를 지어 보상금을 받으려 했다.

공무원의 도덕적 불감증이 도를 넘는 기막힐 노릇이다. 아노미사회가 된 현실의 단면이며 희망을 상실한 공직사회의 도덕적 해이가 주민을 허탈하게 만든 사건이다.

공무원이 반드시 지켜야 할 청렴과 공평성의 의무와 국민을 위한 공익우선의 원칙이 실종되고 자신의 이익만을 챙기려는 이들의 행태는 용서받을 수 없다.

철저하게 조사하여 공직사회에서 영원히 격리시키는 것이 바람직하다. 돈을 위해서는 수단 방법 가리지 않는다는 타락한 사람이 공적업무를 올바르게 추진해갈 리 없기 때문이다. 공직자는 공공재화가 국민 모두를 위해서 공정하고 의롭게 활용되는 데 앞서야 한다.

이것을 특권인 양 악용해서 개인의 배를 채운다는 발상은 이해할 수 없는 일이다. 공직자 윤리회복을 위한 지속적인 정신교육을 강화시켜 자질을 향상시키고 윤리지수를 높여가는 노력을 기울여야 한다.

청렴의 의무를 이행할 수 있는 구체적 방안을 모색하여 제도화시키는 일도 절실하다. 물질제일가치와 황금만능주의가 공직사회에 만연되어 정도가 한계를 넘고 있다는 데 문제의 심각성이 있다.

공직자는 항상 자신의 사명감을 인식하고 사사로운 이익과 욕심을 자제할 수 있는 정화능력을 키우기 위해 자기관리를 소홀히 해서는 안 됨을 명심하기 바란다.

기준이 존중되는 사회를

❄❄❄

"지역사회에서는 상호신뢰와 유기적인 관계를 유지하며 정직하고 평안한 분위기를 조성하여 행복하게 살아가야 한다. 상부상조하며 협력하여 고난과 역경을 극복했던 위대한 공동체의 힘을 되살려 세계화시대의 경쟁에서 승리할 수 있는 원천을 찾아야 한다."

우리 사회는 아노미사회 같다는 생각이 든다. 정도와 표준이 없고 편법과 억지가 판치는 세상이 됐다. 사회를 이끌어가는 원로가 없고 존경받을 만한 사람이 없기 때문이다. 표준이 되는 기본은 실종되고 임기응변과 괴변으로 일관해도 괜찮은 세상이 되어가는 기분이 든다. 근대화과정과 민주화과정에서 동기와 과정보다 결과를 중시하는 경향이 사라지지 않은 결과의 산물이다.

가난하고 어려웠던 시절 뭐니 뭐니 해도 배부른 게 제일이라는 사고는 금전만능주의를 만연시켰다. 민주주의는 다수결의 원칙이라는 왜곡된 의식으로 다수의 횡포가 도를 넘었고 소수와 정당성은 소멸되기 일쑤였다. 이제는 언행과 사물에 대한 올바른 시각을 갖고 말하며 행동할 수 있는 기준을 바로 세워야 할 때다.

지난 10년간 개혁세력의 집권은 기존의 전통적 가치와 기준을 많이 혼돈시켰다 이 과정에서 나타난 역기능은 혼란과 갈등을 증폭시켜서 불신을 증폭시켰고 승리만이 정의라는 왜곡된 의식을 갖게 했다.

이제는 보수세력이 집권을 하여 균형과 중심을 잡을 것이라는 국민적 관심이 높다. 사회는 보·혁의 두 날개가 균형을 잡아 사회와 국가를 발전시켜 가야 한다. 돈 많은 부자는 더 많은 재화를 획득하기 위하여 열심히 일하고 없는 자는 희망과 가능성을 갖고 열심히 일해서 부자가 되어 모두가 행복한 세상을 만들어가야 한다.

우리 민족은 위대하다. 잘못을 보면 용서하지 않고 책임을 물으며 새로운 사람에게 기회를 준다. 공공의 이익과 국가의 안위를 위해서 우리 민족처럼 희생한 민족은 없다. 의병과 승병의 위대한 희생을 생각할 때 눈물이 난다. 자신의 사사로운 이익을 추구하기에 급급하고 거짓과 모함과 시기가 판치는 세상을 걷어치워야 한다.

가치 있는 일을 위해서 솔선수범할 줄 알고 희생할 줄

아는 기풍조성이 실현되어야 한다. 대아를 위해서 소아를 버리고 미래를 위해서 현재의 고통을 감내할 수 있는 넉넉한 마음을 요구한다. 가정에서는 가장을 중심으로 우애와 사랑을 키워 존경의 전통을 키워가야 한다. 가족구성원이 정답게 희망을 노래하며 열심히 살아갈 때에 가정과 국가의 장래를 기대할 수 있다. 수백 년이 지나도 변화하지 않는 아름다운 가풍을 만들어가야 한다.

지역사회에서는 상호신뢰와 유기적인 관계를 유지하며 정직하고 평안한 분위기를 조성하여 행복하게 살아가야 한다. 상부상조하며 협력하여 고난과 역경을 극복했던 위대한 공동체의 힘을 되살려 세계화시대의 경쟁에서 승리할 수 있는 원천을 찾아야 한다.

사회정의가 존중되고 평등과 자유가 진정으로 보장되는 사회에서 선의의 경쟁을 통한 각자의 역할을 충실히 수행해가는 사회를 만들어야 한다. 계층 간, 세대 간, 지역 간, 이념 간의 갈등을 현명하게 극복하고 사랑과 인정이 충만한 살맛 나는 사회를 건설해야 한다.

희열과 만족은 모든 것을 극복하여 하나 되는 공통성을 갖고 있다. 서로의 인정과 배려 속에 사랑을 실천할 때 가능해진다. 이제 사사로운 감정이나 어리석은 집단의식을 버리고 보다 넓고 높은 내일의 가슴 설레는 꿈과 확신을 갖고 지금의 위치에서 최선을 다하는 사람이 되어야 한다.

이것은 시대적 요청이요, 우리가 해야 할 당면과제임을

강조한다. 안정된 사회만이 국민통합과 국가발전을 가속화시킬 수 있으며 통합된 사회만이 행복과 번영을 기대할 수 있다. 조선조 때에는 공·맹(孔·孟)의 가르침이 사회를 유지시켜 가는 기준이 되었다.

장유유서와 제사문화가 효 문화를 발전시켜서 사회의 엄격한 규범을 지키며 삶을 영위해가게 했다. 근대화과정에서 혼란해진 서구가치와 전통가치는 퓨전식 괴변과 편한 대로의 주장을 펴게 만들어 혼돈의 시대를 만들었다. 이제 우리도 선진국 진입을 향해 최선을 다하는 노력이 필요하다. 선진국이 되려면 무엇보다 국민의 진실성과 정직성이 살아서 평가의 기준이 돼야 한다.

악이 선을 이기고 거짓이 진실을 호도하는 사회는 결코 선진국가가 될 수 없다. 정직하게 교류하며 신뢰를 쌓아 이것이 기준이 되어 밝고 유쾌한 세상을 만들어가야 한다. 정의가 승리하며 살아가는 최고의 가치로 존중받아야 한다. 편법과 요령의 왜곡된 사고를 버리고 당당하고 의로운 삶을 영위해가는 진정성과 방향성을 찾아야 한다.

조국의 장래를 위해서도 청소년에게 모범을 보이는 기본이 선 삶을 살아가야 할 때다. 역사는 가꾸고 만들어가는 사람들에 의해서 발전하기 마련이며 기본이 서지 않은 사회에서 결코 역사발전을 기대할 수 없다. 역사의 발전을 위해서도 사회의 기준을 세워야 할 때다.

(2008.1.3.)

'해외입양아 세계1위' 부끄럽다

❊ ❊ ❊

"정부에서는 고아수출 세계1위라는 불명예를 씻기 위해 매년 5월5일을 '입양의 날'로 정하고 국내입양을 활성화시켜 가기 위해 각종 지원시책을 펼치고 있으나 실효를 거두지 못하고 있다."

6·25전쟁으로 시작된 고아의 해외입양이 사반세기가 넘었건만 지금도 수천 명의 유아가 영문도 모른 채 매년 조국의 품을 떠나고 있다. 현실에 맞는 시책을 추진해서 이제는 우리가 입양아를 키워야 할 때다.

정부에서는 고아수출 세계1위라는 불명예를 씻기 위해 매년 5월 5일을 '입양의 날'로 정하고 국내입양을 활성화시

켜 가기 위해 각종 지원시책을 펼치고 있으나 실효를 거두
지 못하고 있다. 경기도의 경우 입양특례법이 시행됐건만
일선지자체에서 입양가정에 대한 지원을 철저하게 외면하고
있어 타 시·도의 지자체이 비해 입양수준이 크게 떨어지
고 있다.

대부분의 입양아는 미혼모에 의해서 출생한 후 본인의
의지와 관계없이 해외로 떠나게 되는 비극이 끊이지 않고
있는 현실이다. 최근 보건복지부는 우리나라의 요보호아동
이 매년 1만 명 이상씩 기아와 미혼모 등에 의해서 발생되
고 있다고 밝혔다. 해외입양실태를 보면 2004년에 2천2백58
명, 지난해엔 2천1백1명이 입양됐다.

반면에 국내입양은 2004년에 1천6백41명, 지난해에 1천4
백61명이 입양되었다. 국내입양의 여건은 여전히 척박하여
부모로부터 버려진 아이의 40%에 불과하며 60%는 해외로
입양시키고 있는 실정이다.

전국에서 인구가 제일 많은 경기도의 경우 지난해 입양
가구는 109가구에 불과했다. 경기도 인구의 25% 수준인 인
천광역시의 경우 지난해 115가구에서 입양해서 경기도와
대조를 이루고 있다.

이처럼 차이가 큰 원인은 인천시는 국내입양 아동에 대
해 양육비를 2004년에 1인당 10만 원, 지난해에는 20만 원
씩 지원해주면서 시민을 상대로 적극적인 홍보활동을 편
결과로 분석할 수 있다. 버려지는 아이 수는 줄어들고 있으

나 해외입양은 감소하지 않는 것은 정책부재와 지자체외면의 소산이다.

인구성장이 전무하고 초고령사회의 빠른 도래는 우리의 생산력을 크게 떨어트리게 되는 현실을 직시할 때 고아의 국내입양은 절실하다.

정부에서는 철저한 미혼모 예방시책을 전개하고 지자체는 우선 사업으로 국내 입양아 지원책을 적극적으로 지원해갈 때에 해외입양아는 줄어들 수 있다.

(2006.2.8.)

제대로 된 민생법안을

❀ ❀ ❀

"고달픈 서민들에게 물가를 안정시켜 주고 청년실업자에게 일자리를 마
련해주는 일보다 더 시급한 정치현안이 없음을 강조한다. 여야 모두는 일자
리창출과 연말 서민 경제부양 정책에 적극 나서기 바란다."

사활을 건 진검승부를 앞두고 정치판이 뜨겁게 달아오르
고 있다. 여당에서는 야당의 대통령후보검증을 벼르고 있고
야당은 임기 말 권력형 비리의혹규명을 서두르고 있다. 실
세들의 부패관련 규명에 초점을 맞추려고 전력투구하고 있
는 모습에 날이 선다.

상대당의 흠집 내기와 대선에 악영향을 주려고 수단 방

법 가리지 않고 민생을 팽개치며 문제를 파헤치려는 모습이 너무나 한심스럽다. 대선이고 총선이고 간에 민생이 우선이고 국민이 잘 살아야 한다.

정치권의 이전투구는 국민에게는 신물이 난다. 우선 국민의 일상적인 삶이 나아져야 하기 때문이다. 언제나 그랬듯 17대 마지막 정기국회도 마찬가지로 정쟁에 휩싸일 전망이다. 민생을 챙기고 국민의 고통을 덜어주고 희망과 용기를 주는 정책개발과 대안모색과는 거리를 멀리하고 있다.

4개월 남짓한 연말에 치러지는 대선과 내년에 치러지는 총선에 정당의 명운을 걸고 사력을 다하고 있다. 여야의 각기 다른 형편 때문에 현안의 민생을 챙기지 못하고 자신의 이해관계만을 저울질하는 현실 정치인들의 각성이 요구된다.

산적해 있는 각종 민생법안 처리를 비롯해서 국정감사, 정부의 내년도예산안을 회기 내에 처리해야 한다. 그런데 여야의 대화는 막히고 정쟁만 벼르고 있어 문제가 심각하다. 한심스런 현실 정치의 수준을 높이기 위한 유권자의 노력이 절실한 때다.

정기국회가 개원은 됐지만 산적해 있는 민생법안처리를 위해서 여야가 공동으로 머리를 맞대고 지혜를 모아서 좋은 대책 찾기에 최선을 다해주기 바란다. 정치권의 아량과 이해는 발전된 정치문화를 키워갈 수 있다. 상생과 상호협력의 정치문화는 우리 사회를 한층 더 성숙시켜 주는 지름길임을 강조한다.

고달픈 서민들에게 물가를 안정시켜 주고 청년실업자에게 일자를 마련해주는 일보다 더 시급한 정치현안이 없음을 강조한다. 여야 모두는 일자리창출과 연말 서민 경제부양 정책에 적극 나서기 바란다. 국감일정도 추석민심을 의식한 듯 여야의 입장이 전혀 다르다. 민주신당은 추석 이전에, 한나라당은 추석 이후로 국감을 실시하자는 주장이다.

여야가 의견이 조율되지 않는 이상 원만한 국회운영을 기대할 수 없다 .따라서 이번 마지막 국회의사일정도 불투명하다. 문제는 올해 대선이나 내년의 총선만큼 민생을 돌보고 챙기며 지원하는 일이 중요하다. 정권 말기건, 국회회기 말기건 국민생활의 책무를 정치권이 방치하거나 등한시해서는 안 된다는 사실이다.

이번 정기국회에서 처리해야 할 정부가 제출한 법률법안을 보면 424건에 이르고 있다. 현재 국회에 계류 중인 법안이 233건이나 된다. 이 중 6개월 이상 된 장기계류 중인 법안만도 126건이다. 특별한 쟁점도 없이 국회에서 심의를 장기간 지연시키고 있는 것은 엄연한 직무유기이다. 직무유기로 방치되고 있는 법안이 60건으로 45%에 달하고 있다.

이번 국회에서 법안을 처리하지 못할 경우 계류 중인 법안이 정기국회의 회기를 넘기게 된다. 이럴 경우 17대 국회종료와 함께 자동 폐기될 전망이다. 특히 화급을 다투는 법안인 사회보험료 부과 등에 관한 법률 등 53개 법안이 시급하다.

국회의 직무유기가 얼마나 심한가를 알 수 있다. 정부부처에서 법안을 만들고 손실하여 법률통과를 학수고대하고 있으나 국회에서 잠자다 회기가 끝나면 폐기처분되는 고비용 비능률의 국회를 언제까지 두고 볼 것인가.

이제 유권자와 시민이 나서 감시자로 역할을 다 해야 할 때다. 진정으로 국민과 민중을 위한 법안을 심도 있게 심의하고 논의하여 국가와 사회발전을 위해서 기여할 수 있는 법률통과에 최소한 의무마저 외면하는 국회는 혹독한 국민의 심판을 받아야 한다. 국민편의를 진작시키고 삶의 질을 높여가는 일에 정치권이 앞장설 것을 주문한다.

정치권의 끝없는 소모적 정쟁을 그만두고 내실 있는 행정감사와 예산심의로 국가예산을 절감하고 국민의 고통을 덜어줄 수 있는 17대 국회의 역할을 촉구한다. 내년 선거도 중요하지만 현안의 예산심사와 법률 통과가 더 중요함을 강조한다. 전체적으로 국정 전반을 살피고 확인하는 마지막 국회가 되어야 한다.

여야가 힘을 모으고 국민에게 희망과 격려를 주는 국회의 유종의 미를 거두기를 바란다. 17대 국회의 현안법률통과와 예산안 처리, 국정감사, 어느 하나도 소홀함이 없도록 최선을 다하는 성실한 17대 국회의 마지막 책무를 다하기 바란다. 정치권의 정쟁보다 서민의 민생을 챙기는 일이 우선임을 강조한다.

(2007.9.6.)

인정과 사랑을

※ ※ ※

"갑자기 천재지변이 발생할 때에 적절히 대응할 수 있는 대책을 수립
해야 한다. 일상적인 삶 속에 수해예방대책을 비롯한 재난대비훈련을 면
밀하게 세우는 사전 계획과 주민 훈련도 병행해가야 한다. 지역사회 차
원에서 자원봉사단조직을 상설화시켜서 천재지변을 당했을 경우 달려 나
가 복구할 수 있는 시스템을 만들어가야 한다."

　추석연휴에 쏟아진 기습폭우로 충남서북부지역과 충북중
부지역이 큰 피해를 입었다. 수확을 앞둔 농작물 피해를 비
롯해서 주택침수, 도로유실, 하천, 저수지 등 수리시설이 파
손되거나 붕괴되었다. 우리 지역에서만 7백80명의 이재민이
집을 잃는 등 큰 피해가 발생했다.

도복된 벼를 세우고 잘려나간 논두렁을 보수하며 오물을 수거하는 일까지 할 일이 태산 같다. 피해주민 혼자서 감당할 수 없는 일로서 타인의 도움이 절박한 실정이다. 더불어 사는 우리 민족의 공동체의식을 발휘하여 수해의 고통을 극복해가야 한다.

고통과 슬픔은 함께하면 반이 되고 기쁨과 영광은 함께하면 배가 되었던 조상의 상부상조정신을 상기하며 실천할 때다. 향약, 두레, 계 등 주민자생조직의 힘으로 천재지변을 극복했던 조상의 인정 넘치는 협동정신이 절실하다. 수해를 입어 가슴 아파하는 우리 고장 사람들의 마음을 어루만지며 위로해줄 사람은 우리임을 인식하고 그들의 고통을 덜어주는 넉넉한 인정과 포근한 사랑을 실천해가야 한다.

이들을 위해서 남녀노소를 막론하고 함께 수해현장으로 달려가 쓰러진 한 포기의 벼를 세우고 유실된 도로를 닦는 일에 성실한 땀방울을 흘려야 한다. 어려운 일을 당했을 경우 지역사회 주민이 서로 힘을 모아 해결했듯이 이번 수해도 지역민의 사랑과 정성을 모아 해결해가야 한다.

학생, 군인, 공무원, 회사원은 물론 모든 사람이 시간을 쪼개 십시일반으로 수해복구에 참여해야 한다. 지자체와 정부에서는 상습수해지역을 파악하여 이주계획 등 장기적으로 항구대책을 마련하는 일에 지혜를 모아야 한다. 수해발생지역에 대한 수해예상 지도를 작성해서 효율적으로 대처할 수 있는 체계를 확립해가는 일도 중요하다.

일시적인 응급복구를 지양하고 영구적으로 안전을 보장할 수 있는 완벽한 수방시설을 구축해가야 한다. 배수로확장, 수량조정기능의 강화 등 사전 준비에 철저하게 대응할 수 있는 노력이 필요하다.

최근의 기상변화에 따른 국지적인 폭우 집중현상의 대책 마련을 서둘러야 한다. 1920년부터 1990년까지 우리나라 강수량이 7% 증가 했으나 오히려 강수일수는 14%나 줄어들어 집중호우가 빈번해 지고 강도가 높아진 편이다. 기상청은 앞으로 집중호우가 더 심해질 전망이어서 시간당 수백 밀리미터의 호우가 일상적으로 발생할 거란다.

전국에 있는 저수지의 69.5%인 1만 77여 개가 50년 이상 된 노후 시설로 붕괴위험이 도사리고 있다. 수해가 불가항력인 천재지변이었다면 할 수 없지만 행정력 부족을 비롯해서 공직자 업무수행과 정책에 문제가 있었다면 관련자의 책임을 엄중하게 묻고 응분의 조치를 취해야 한다. 이번 수해도 사전대비부족에 의한 인재가 많았다는 문제가 제기되고 있다.

충남 예산시가지의 침수는 예상된 것이다. 배수로를 확장하지 않은 채 수백 세대의 아파트를 건립해서 우수를 배수로의 쓰레기가 막았고 노점상이 사용하던 트럭 3대 분량의 스티로폼이 수로를 막아 피해가 컸다는 보도다. 부실공사, 늦장행정, 제도적 모순은 없었는지를 철저하게 따져서 새로운 수방대책을 마련하는 일이 중요하다. 해마다 반복되는 수해피해 예방을 위한 항구적 차원에서 대책을 마련해가는 일은 당면과제다.

갑자기 천재지변이 발생할 때에 적절히 대응할 수 있는 대책을 수립해야 한다. 일상적인 삶 속에 재난대비훈련과 수해예방대책을 면밀하게 세우는 사전 계획과 주민 훈련도 병행해가야 한다. 지역사회 차원에서 자원봉사단조직을 상설화시켜서 천재지변을 당했을 경우 달려 나가 복구할 수 있는 시스템을 만들어가야 한다.

70－80년대 새마을 운동을 통하여 지역사회문제를 해결해 갔던 주민조직을 활성화시켜 가는 방법도 하나다. 지역사회 문제를 주민이 스스로 해결해가는 자율성과 자생력의 성장이 필요하다. 지자체, 소방방재청, 기상청, 행자부, 보건복지부 등 관계부처의 수해종합대책 시스템을 만들어 신속한 대응 전략을 마련해가길 바란다.

수해로 실의와 절망에 빠져 있는 이웃에게 격려와 위로를 전하면서 재기할 수 있는 인적, 물적 지원을 아낌없이 전해주는 사랑의 실천이 절실한 때다. 몸과 마음을 모아 진정으로 수재민을 돕는 일에 앞장서길 바란다.

가족공동체로 노인의 행복을

＊ ＊ ＊

"유례없이 노령속도가 빠른 우리나라는 노령사회를 지나 초고령사회를 맞이
하게 되어 국가의 노인부양예산이 엄청나게 늘어날 전망이어서 경제발전
의 발목을 잡게 된다. 이를 가정에서 노인을 부양할 경우 예산감소, 경제
성장에 크게 기여할 수 있다."

노인은 가족과 함께 있을 때 제일 행복하다는 연구결과
가 나와 우리에게 시사하는 바 크다. 최근 고려대 의대 정
신과학 교실의 교수가 경기도에 거주하는 60세 이상 84세
미만의 노인 706명을 대상으로 표준 설문조사한 결과 행복
지수가 64.7%를 나타내고 있다.

조사내용을 보면 노인들이 행복할 때가 가족과 시간을

함께 보낼 때라는 답이 제일 많았다. 가족이 행복할 때, 취미생활, 친구와 함께 지낼 때, 신앙생활 순으로 나타났다. 노인들이 원초적 관계를 중시하며 가족구성원을 사랑한다는 사실을 알 수 있다.

노인들도 다양한 각자의 취미생활을 통해서 행복을 구가하고 있음도 밝혀졌다. 친구를 잃었다든지 신앙생활이 없는 노인은 행복하지 않은 것으로 나타나 노후의 친구관계와 신앙생활이 중요함을 알 수 있다.

자신의 건강이 악화됐을 때, 자녀들의 경제사정이 어려울 때 노인들은 불행한 것으로 나타났다. 우리 사회가 빠르게 노령사회로 진입되어 노령인구가 급증하고 있는 현실을 직시할 때 이번 조사는 가족공동체가 노인문제해결 방안이 되고 있다.

가족해체와 핵가족화로 전통적 가정기능이 소멸되고 있는 가운데 노인의 가족부양에 의한 행복지수의 함수관계가 밝혀진 셈이다. 가정에서 천덕꾸러기가 돼버린 노인에 대한 새로운 가정에서의 역할개발이 절실하다.

유례없이 노령속도가 빠른 우리나라는 노령사회를 지나 초고령사회를 맞이하게 되어 국가의 노인부양예산이 엄청나게 늘어날 전망이어서 경제발전의 발목을 잡게 된다. 이를 가정에서 노인을 부양할 경우 예산감소, 경제성장에 크게 기여하게 된다.

전통적인 대가족제도의 복원과 노인의 가정공동체에서 할

수 있는 일감을 개발하여 제공하는 노력과 연구를 정·
학·연에서 공동으로 추진해가는 것도 좋은 방법이다.

청·노(靑老)세대의 통합과 협력은 진정한 인간애를 구현
할 수 있으며 해결해야 할 당면과제다. 노인과 더불어 살아
가는 신가정공동체건설을 추진하는 것도 아름다운 일이다.

빈곤층 종합대책 세워야

❉ ❉ ❉

"미국의 유명한 상담자 랜 엔더슨은 '내 눈은 이 세상에 태어나 한 번
도 햇빛을 보지 못한 자에게 주어서 세상의 아름다운 자연과 사랑스런 사
람들의 눈동자를 보게 해주고 심장은 날마다 가슴을 움켜쥐고 신음하는 사람
에게 주어서 고통을 없게 해주세요.' 자신의 모든 육체를 고통받는 필요한 사
람에게 주고 그 외에 '나머지는 한 줌의 재를 만들어 길가의 꽃들에게 주어
향기롭게 잘 자라게 뿌려주세요.'라고 하였다."

인간의 존엄한 가치실현과 권리가 외면되는 빈곤층에 대
한 종합대책 수립이 절실하다. 인간다운 생활을 할 수 없는
이들은 질병, 저소득, 소외감으로 외로움 속에 삶의 의욕마
저 포기한 채 숙명적으로 살아가고 있다.

날이 갈수록 심화되는 양극화문제는 빈곤층의 상대적 박탈감을 키워가고 희망마저 접게 만들고 있는 현실이다. 빈곤문제는 국가정책의 배려와 시민의식의 변화가 병행돼야 효과를 기대할 수 있다.

우리의 현실은 정책의 빈곤과 시민의 무관심으로 문제의 심각성이 더해가고 있다. 빈곤은 인간다운 생활의 보장과 사회 안정을 해치게 하는 중요한 사회문제로 조속하고 장기적인 대책을 마련하여 추진해야 한다. 한국보건사회연구원 조사결과에 따르면 기초생활보장수급자와 최저생계비의 120% 미만의 차상위 계층이 전체 인구의 15%인 716만 명으로 우리 이웃 7명 중 1명이 빈곤층으로 집계됐다.

이들은 최저생계비 4인 가족기준 113만 6천 원에 못 미치는 수입으로 생활고에 시달리고 있다. 수입이 최저생계비보다 낮지만 부양의무자가 있다는 이유로 기초생활보장을 못 받는 비수급자가 372만 명에 이르고 있다.

청년실업률이 8.3%로 상승추세를 보이고 개인파산 신청 건수가 작년보다 2배 이상 늘어났다. 우리나라는 I.M.F. 이후 지속적인 경기불황과 노무현 정부 들어 악화된 경제사회 양극화현상의 결과로 계층구조가 삼각형모형을 나타내는 심각한 빈민층문제를 더 이상 외면할 수 없는 지경에 이르렀다.

국민의 의식주문제 해결은 국가정책의 기본인데 이의 해결에 소홀하며 정쟁에 혈안이 된 정치현실이 한심할 뿐이다. 사회 안정과 발전을 주도하던 중산층이 붕괴되어 빈민으로 전락하는 불안과 절망의 사회를 일자리 창출로 활기를 찾게 하며 희망을 주는 정책집행이 급선무다. 정부는 기업과 협력하여 고용창출에 전력을 기울여야 한다.

양극화된 기형적인 사회 구조를 다이아몬드형 계층구조로 개선하기 위한 국가 차원의 고용정책과 복지 정책이 절실하다. 국민의 식생활비, 의료비 등 생존을 위한 최소한 예산은 우선적으로 국가에서 지원해야 한다. 독거노인, 소년소녀가장, 고령자, 장애인 등 타인의 도움이 절실한 무소득, 저소득자에 대한 특별 관리와 지원에 특단의 대책을 세우기 바란다.

빈곤문제는 다양한 방법과 정부와 국민이 함께 참여하고 노력할 때에 효과를 기대할 수 있다. 날로 심각해가는 사회양극화 현상을 완화하고 사회안전망 구축을 위한 실질적 대책이 필요하다. 서류상 부양의무자일 뿐 실제로 돌보지 않는 저소득층에 대한 지원책을 조속히 강구해야 한다. 현재 새마을회가 펼치고 있는 사회안전망구축지원사업에 예산을 지원해 효율성을 높이는 방법도 생각해볼 만하다.

사회단체의 참여확대와 필요예산지원을 정부, 지자체, 기업체 등에서 최대한 배려할 때다. 가진 자를 비롯한 국민의식변화가 절실하다. 함께 나누고 베푸는 미덕은 빈곤층에게 희망과 용기를 줄 수 있다. 욕심과 이기심을 버리고 가난한 사람과 함께하려는 운동이 전개돼야 한다.

미국의 유명한 상담자 랜 엔더슨의 "내 눈은 이 세상에 태어나 한 번도 햇빛을 보지 못한 자에게 주어서 세상의 아름다운 자연과 사랑스런 사람들의 눈동자를 보게 해주고 심장은 날마다 가슴을 움켜쥐고 신음하는 사람에게 주어서 고통을 없게 해주세요." 자산의 모든 육체를 고통받는 필요한 사람에게 주고 그 외에 "나머지는 한 줌의 재를 만들어 길가의 꽃들에게 주어 향기롭게 잘 자라게 뿌려주세요.

그리고 나의 뭔가를 매장하고 싶다면 나의 욕심과 남을 비방하고 욕했던 실수와 고집과 독선, 편견들이나 묻어주세요."라고 한 유언을 생각해본다. 우리 사회는 엔더슨 같은 희생적인 베풂은 아니더라도 조금 아끼고 절약해서 정말로 어려운 이웃을 도와주어야 한다.

가난한 사람에게는 라면 한 상자 쌀 한 포대가 새로운 희망을 주고 큰 힘이 된다는 사실을 생각해야 한다. 물질적인 지원보다 더 중요한 것은 그들에게 자신감과 용기를 북돋아주는 일이다. 항상 주위에 따뜻한 이웃이 있어 희망을 잃지 않도록 해주어야 한다.

정부의 장기적이고 효과를 거둘 수 있는 빈곤층해결 정책추진을 다시 한 번 촉구하면서 국민 모두가 나눔의 윤리를 실천해가길 바란다.

(2006.10.13.)

준법은 경제성장이다

❄ ❄ ❄

"어떠한 경우라도 악이 선을 이기고 거짓이 진실을 이기는 비극적인 사례는 없어져야 한다. 사법정의 구현을 위한 관계당국의 헌신적인 노력과 국민의식의 전환이 요구된다. 억지논리가 통하지 않고 합법만이 통하는 사회건설을 위해서 많은 시간과 예산을 투자하여 국민정신변화를 위한 사회교육을 강화시켜 갈 것을 주문한다."

선진국민의 기본적인 삶은 준법정신의 이행에 있다. 법규위반을 용납하지 않는 시민정신은 고발문화를 정착시켜 반칙을 거부하며 정당한 게임법칙을 존중하며 생활해간다. 사회구성원이 신뢰 속에 편안하고 안락한 삶을 영위하기 위해서는 법질서를 잘 지켜야 함은 기본이다. 법의 테두리 안에서의 행동은 자연스럽고 편리하기 때문이다.

우리나라는 왜곡된 관용문화와 자신은 예외라는 특권의식의 팽배로 위법과 불법이 판치고 있다. 아직도 법을 지키면 손해 본다는 풍조가 만연되고 있는 것이 원인이다. 포항지역건설노조의 본사불법점거, 일상화된 현대차노조의 파업, 전교조의 연가투쟁을 비롯한 크고 작은 불법파업이 끊이지 않는 현실이다.

법은 사회구성원의 최소한 약속이며 반드시 지켜야 할 의무사항이다. 최근 K.D.I.보고서에서 우리나라는 법과 질서를 지키지 않아 매년 경제성장률의 1%씩을 끌어내리고 있다. 1% 포인트 경제성장은 10조 원에 달하며 일자리 9만 개를 창출하여 청년실업자 8만 명을 취업시킬 수 있게 된다.

글로벌시대에 국내의 파업은 신속하게 해외에 보도되고 경쟁상대국은 호재를 만난 듯 부정적인 면을 집중 보도하여 기업이미지 실추와 경쟁력을 약화시키고 있다. 60년대부터 시작된 근대화와 80년대의 민주화과정에서 목숨을 건 강경한 투쟁을 하다 보니 시위문화가 불법 폭력으로 고착되었다.

각계각층에서 조금만 이해관계가 있으면 참지 않고 길거리로 뛰쳐나온다. 그러만 해결이 되며 보상을 해주니 불법시위는 그치지 않고 악순환이 반복되고 있다. 어떤 방법이든 불법은 끝까지 책임을 묻고 부당한 요구를 거부할 때 선진국 같은 준법정신이 정착될 수 있다.

이제는 우리도 성숙한 시민정신으로 대화와 타협을 통한

해결을 찾는 지혜가 절실하다. 불법폭력시위문화는 종지부를 찍고 법질서를 준수하여 선진시민으로 거듭나야 한다. 우리의 준법지수가 O.E.C.D. 30개 회원국 중 28위라는 불명예를 씻기 위한 국민의 준법정신이 요구된다.

국민소득에 비해 낮은 법질서 수준을 높이지 않고서는 경제성장과 선진국을 이룰 수 없음을 인식하여야 한다. 현대차의 경우 지난 한 해에만 12차례 파업을 하여 1조 6천억 원의 생산손실을 보았다. 여기에다 기업 이미지훼손과 신용추락을 합치면 피해는 더욱 커진다. 노조간부가 회사로부터 수억 원을 수수한 파렴치함도 드러났다.

파업을 하면 무조건 요구사항을 들어주는 회사의 책임도 면키 어렵다. 불법파업은 인명 상해, 노동손실, 기업이미지훼손, 경제 불안전성 증대 등 피해가 너무 크다. 불법시위가 극성을 부리고 판치는 원인은 합법적이고 적법한 시위를 할 때보다 불법시위를 했을 때가 더 많이 요구사항을 받아주기 때문이다.

처음에는 법대로 한다면서 타협과정에서 슬그머니 고소도 취하하고 요구사항을 들어주며 사법당국에 선처를 호소하는 악순환의 고리가 끊어지지 않고서는 불법파업은 사라지지 않는다. 준법정신에 기인한 새로운 노사문화의 정착만이 잦은 불법파업을 막을 수 있음을 강조한다.

불법시위로 피해를 본 회사나 개인은 끝까지 가해자에게 손해배상을 청구하여 보상을 받는 시민정신이 필요하다. 엘

빈 토플러가 『부의 미래』에서 언급한 지식, 생각, 관념 등이 재화로 만들어지는 미래사회는 법의 가치와 준법정신을 더 요구하게 된다.

이것은 중요한 경쟁력이고 재화를 창출해내는 요소이기 때문이다. 크고 작은 모든 법규와 규정을 지켜서 사회비용을 감소시키고 행복한 사회를 만들어갈 때에 부의 가치는 증대되어 경제향상에 이바지할 수 있다.

준법정신은 21세기의 국제경쟁력의 한 부분이며 새로운 부를 창출하는 요소임이 틀림없다. 지켜서 편리한 법을 실천해가기 위한 시민 교육을 강화하고 법의 생활화를 위해서 국민 모두가 함께 나설 때다.

법은 지키는 사람이 이익을 보고 위법한 사람은 반드시 손해를 본다는 사실을 인식시키기 위해서 지금부터라도 철저하게 법을 지켜서 법대로 생활해가야 한다. 아직도 고성불패(高聲不敗)의 풍조가 사라지지 않고 있음은 개탄할 일이다.

아동기부터 가정과 학교에서 아름다운 준법생활의 정착을 위한 특별한 프로그램을 개발해 실천해가야 한다. 21세기의 국제경쟁은 선·후진 국가를 막론하고 불법과 탈법을 거부하고 원칙과 합법의 요인이 중요함을 강조한다.

신용사회의 근원은 준법의 생활화에 있음을 강조하며 이는 경제성장에 큰 영향을 미치게 됨을 인식하기 바란다.

(2007.1.26.)

농촌의 희망 '친환경농업'

❋ ❋ ❋

"다양한 공급통로를 개선하여 소비자로부터 신뢰를 구축하는 일도 절실하다. 농민들이 친환경농업경영을 확대하도록 정부에서 기술을 지도하고 판매를 지원해줄 것을 주문한다."

21세기 농촌의 희망은 인간과 자연이 공존하며 살아가는 친환경농업의 실현에 있다. 8.3%의 농민이 전 국민의 식량문제를 해결해야 하는 과제를 여기에서 찾아야 하기 때문이다. 농업은 인간생존권을 유지시키며 국토를 보전하고 도시민과 함께 살아갈 수 있는 중요한 대안으로 경시할 수 없다. 수입농산물과 유전자 변형농산물은 우리의 건강을 염려하게 한다.

농촌의 공동화(空洞化), 농촌인력의 노령화, 농업소득저하

등 요인으로 희망의 빛이 가려지고 있는 현실을 더 이상 외면할 수 없다.

전체 인구 중 10% 미만의 농림어민, 농가의 30% 이상이 65세 이상으로 초고령사회가 된 농촌의 현실을 직시할 때 다. 저하된 노동력과 급감한 농촌인구가 적절하게 영농할 수 있는 방법을 모색하는 일이 절실하게 됐다.

현실적인 대안으로 살기 좋은 농촌의 희망을 친환경농업에서 찾을 수 있다. 소비자의 웰빙 트랜드와 환경보전 욕구에 부응할 수 있는 유일한 대안이다. 경기도 화성시와 광명시 등 전국 44개 지방자치단체의 폐광산, 인근농지의 납 성분 오염은 생산한 쌀을 폐기하며 지역주민의 암 발생으로 사회문제가 되고 있다.

농약과 비료사용에 따른 농지오염도 심각한 실정이다. 이러한 어려운 현실에서 환경문제를 극복하고 새로운 국민건강을 증진시키며 소득을 증진시킬 수 있는 방법으로 친환경농법이 주목을 받고 있다.

농산물안전과 건강에 대한 관심고조와 함께 친환경농산물의 생산과 소비의 급증은 다행스러운 일이다. 친환경인증농가는 2005년에 5만 3천 호에서 5만ha을 재배하여 79만 8천 톤의 농산물을 생산하였다. 매년 40-80%의 성장률을 기록하고 있다. 불과 5년 사이에 전체 농산물생산량의 4%를 점유하고 있다. 시장규모도 2000년 1천5백억 원에서 2005년 8천억 원 규모로 크게 늘어났다. 불과 5년 사이에 농가 수

25배, 면적 24배, 생산량 22배 증가하였으며 내년에는 1조 원 규모로 성장될 전망이다.

정부가 발표한 친환경농업 5개년 육성계획이 끝나는 2010년에는 친환경농산물 비중이 10%대로 확대될 것으로 보인다. 정책에 부합하는 성과를 올리기 위해서 농민의 전문기술습득은 물론 국민의 친환경에 대한 의식변화가 요구된다. 물질에 앞서 인간의 건강과 생명을 지켜간다는 자부심을 갖고 영농활동을 하여야 한다.

제도적인 뒷받침이 뒤따라야 하며 친환경농업육성을 위해서 인증업무의 합리적인 추진이 이뤄져야 한다. 인증품목과 생산량이 매년 늘어나고 있는데 품질에 대한 신뢰성을 훼손하지 않도록 인증기관을 육성하는 일이 시급하다. 현재 흙 살림 등 31개 전문인증기관이 있는데 이를 수백 개로 확대시켜야 한다.

인증기관을 전문성 높은 국제수준으로 올려놓아 불신의 근원을 해소하고 소비자신뢰를 얻는 일도 당면과제다. 다른 농산물생산보다 높은 소득을 보장시켜 줄 수 있는 방안을 찾아야 한다.

친환경농산물이 타 영농보다 소득이 높을 때만이 재배확산과 품질향상을 기대할 수 있기 때문이다. 계약재배, 직거래 등에 따른 제도확립과 시설확대를 서둘러야 한다. 지자체가 학교급식을 친환경농산물로 공급하도록 하고 아파트와 식당 및 전문판매점으로 확대시켜 가는 일이 급선무다.

다양한 공급통로를 개선하여 소비자로부터 신뢰를 구축하

는 일도 절실하다. 농민들이 친환경농업경영을 확대하도록 정부에서 기술을 지도하고 판매를 지원해줄 것을 주문한다. 까다롭고 전문기술을 요구하는 친환경농법에 대한 영농기술 지도와 예산지원은 필수요소이다.

유통구조 개선과 소비자의 의식개선을 위한 국민 참여와 노력도 뒤따라야 한다. 유통업자와 판매 상인이 일반농산물과 혼합하여 친환경농산물이라고 속여 판매하는 경우가 있는데 이의 철저한 단속과 무거운 벌과금부과가 필요하다.

생산과 소비자의 공동교육을 실시하여 친환경농업의 중요성을 인식시키고 유통경로를 투명하게 하여 신뢰도를 높여가야 한다. 소비자에게 홍보를 적극적으로 전개하여 친환경농산물을 구입하도록 한다.

친환경농업 현실체험프로그램을 통한 홍보활동 등 혁신적인 방법모색이 요구된다. 이 외에도 농지의 오염방지 대책과 장기적인 관리대책을 수립하여 친환경농업의 터전을 견고하게 하여야 한다.

절망의 농업에서 희망의 농업으로, 작아지는 농촌에서 커지는 농촌을 만들기 위해서는 친환경농산물을 확대 생산할 것을 강조한다. 절망과 한탄의 숙명론을 훌훌 털어버리고 가능성 넘치는 기대에 찬 희망의 농촌건설을 친환경농업에서 찾아보길 권한다.

(2006.11.10.)

방치할 수 없는 축제공화국

✸ ✸ ✸

"문제 많은 축제공화국이라는 오명을 씻고 미래지향적이고 삶에 활력을 주
는 아름답고 신나는 시간으로 거듭나기 위한 노력을 기울여야 한다. 말만 들
어도 가슴 설레고 기다려지는 시민의 관심 속에 사랑받는 축제를 창조해가
야 한다."

축제는 일상의 권태로움으로부터 벗어나 새로운 활력과
즐거움을 제공해주어 삶의 질을 높여주는 기능을 한다. 적
절한 시기에 개최되는 호감 가는 축제는 주민통합과 지역
발전에 기여하게 된다.

지역축제의 순기능을 살려 발전시켜 가야 하는 중요한
이유다. 우리나라에는 2만여 개의 축제가 매년 열리고 있는

데 내용의 부실과 행사 위주로 이뤄지고 있어 주민참여율이 적고 짜증스럽기만 하다.

매년 반복되는 유사한 프로그램과 의미 없는 축제는 시민을 외면하게 만들었다. 상인들의 바가지 상품판매는 모처럼 오랜만의 나들이를 기분 잡치게 한다. 먹을거리 중심과 특산물판매의 단조함에서 벗어나 재미나고 신나는 축제를 추진해서 흥을 돋우어야 한다. 대부분 축제를 9 - 10월에 개최하고 있는데 시기의 집중도 문제다.

지역특성과 내용에 따라 시기를 조절하여야 한다. 참여하는 수백만 명의 시민만족도와 수천억 원의 투자비용의 효율성문제를 짚고 넘어가야 한다. 한 번 개최된 축제는 없어지기 어렵기 때문에 매년 몇 회라는 연륜이 붙고 그것이 전통처럼 인식되고 있어 사전에 충분한 검토와 미래를 예측하여야 한다.

안산시 대부도의 포도축제는 브랜드가치를 상승시키고 보는 축제에서 함께 즐기고 참여하는 재미있고 다양한 축제로 변모하면서 호응을 받고 있다.

이는 주변의 자원을 최대한으로 연계하고 활용할 수 있는 지혜를 모은 결과다. 충남 논산시의 강경젓갈 축제는 축제기간에 4백억 원의 매출고를 올려서 지역경제에 크게 기여하고 있다.

축제는 소비가 아닌 소득을 올리는 생산성을 지향할 필요가 있다. 부여군과 공주시가 통합하여 처음으로 개최한

백제문화제에는 120만 명이 열광하여 3백72억 원의 수입을 올렸다. 단일문화권을 지자체끼리 협력하여 성장 발전시켜 가는 아량과 이해를 가져야 한다.

경기도에도 이를 벤치마킹할 필요가 있다. 이제 축제가 먹고 노는 저급한 수준에서 벗어나 체험, 생산, 가치를 찾아 즐길 수 있어야 한다. 아직도 축제현장에서 호객행위를 하고 상품의 원산지 미표시, 끼워 팔기, 배짱장사, 무질서한 교통지옥은 참여자의 기분을 망치게 한다. 지자체가 주민과의 합의 없이 일방적으로 일시, 장소, 프로그램을 정하여 참여율을 떨어트리고 있다. 1995년 지자체 실시 이후 기초단체, 광역단체 가릴 것 없이 축제열풍이 불고 있다. 작은 읍면동에서도, 심지어는 마을단위에서도 쌈지축제가 봇물을 이루고 있다.

단체장은 주민이 낸 세금 갖고 생색내며 유권자를 손쉽게 만날 수 있고 이것이 간접선거운동이 되어 불리할 것은 하나도 없기 때문이다. 국민소득 2만 달러 시대의 선진시민에 걸맞은 축제를 만들어가야 한다. 주5일제의 정착에 따른 일상 속의 축제를 정착시켜 가는 노력이 절실하다.

지역마다 축제를 평가하고 문제점을 지적하여 개선방안을 찾을 수 있는 전문가집단의 평가참여와 주민의 자발적 평가시스템을 만들어가야 한다. 축제를 유형별, 기능별, 지역별로 나누어 특성을 살릴 때에 효과를 기대할 수 있다.

서해안 독살체험축제는 교육기능이 많은 자연축제로 투자

비용 없이 연간 수억 원을 벌어들인다. 이것은 자연을 활용한 체험축제로 교육과 추억기능을 강조한 축제다. 이천의 도자기축제는 가족들과 도자기를 만들면서 체험과 가족공동체를 강화시켜 주고 있다.

축제기간 중 자연을 훼손하거나 쓰레기를 양산시키거나 전통과 질서를 파괴하는 행위는 절대로 안 된다. 주민통합과 지역발전을 위한 축제를 지속적으로 이끌어가기 위한 노력이 절실하다.

지역주민이 자발적으로 참여하여 함께 즐기며 희열을 만끽할 수 있는 축제를 위해서 장소, 시기, 프로그램 등 모든 것을 다시 검토하고 연구할 수 있는 전문가집단의 참여가 절실하다. 문화, 자연, 체험이 어우러진 새로운 축제모형을 개발하여야 할 때다. 지리적, 역사적으로 공통성을 지니고 이웃한 지자체는 통합하고 연계해서 공동개최하므로 시너지 효과를 기대할 수 있다.

축제의 성격에 부합되는 독특한 콘텐츠를 개발하여 참여자의 호응도를 높여 이들 중심의 프로그램을 개발해가는 것이 바람직하다. 축제기간 중 일정별로 테마를 설정하여 타 축제와 차별화를 시도하여 참가자의 욕구를 만족시켜 가야 한다.

축제 기간 중 볼거리, 먹을거리, 체험 거리가 풍부하도록 하며 인근관광지와 연계전략을 세우는 일도 필요하다. 먹고 마시고 낭비하는 축제에서 사랑과 꿈을 키우고 내일의 생산

터전을 새로 만들어가는 창조적 기회가 되어야 할 것이다.

문제 많은 축제공화국이라는 오명을 씻고 미래지향적이고 삶에 활력을 주는 아름답고 신나는 시간으로 거듭나기 위한 노력을 기울여야 한다. 말만 들어도 가슴 설레고 기다려지는 시민의 관심 속에 사랑받는 축제를 창조해가야 한다.

(2007.10.25.)

수도권 상수원 다시 오염되고 있다

❋ ❋ ❋

"외국의 경우 수십km에 이르는 상수원보호구역에 사람의 출입을 엄격하게
통제하면서 철저하게 관리하고 있다. 우리의 경우 기존의 거주와 경작, 가축
사육행위를 용인해주어 상수원이 오염에 항상 노출되어 있다."

상수원은 정수 후 곧바로 식수를 비롯한 생활용수로 공
급되기에 청결하고 철저하게 관리되어야 한다. 경기도는 한
강의 상류지천이 많아서 이의 철저한 관리가 절실한 지역
이다. 어제 검찰에서 무허가 폐수배출 시설을 하고 페놀 등
유독성 폐수를 대량 방출한 업체를 무더기로 적발했다.

수질환경보전법위반으로 8명을 구속하고 34명을 불구속

했으며 29개 업체와 43명에 대해서 무더기로 입건했다. 위법행위를 한 업체는 남양주시에 소재한 유리공장으로 유리세척기, 면치기 등 작업을 해서 카드뮴, 구리, 아연 등 중금속 364톤을 한강지류인 묵현천에 무단방류한 혐의를 받고 있다.

식수는 인간이 존재하는 데 가장 중요한 필수적인 요소로 항상 깨끗하게 관리되어야 하며 이를 위해서 상류, 지류에서 유입하는 상수원을 청결하게 철저히 관리할 수 있는 시스템 확립이 절실하다. 경기도민은 왜 서울시민이 먹는 수돗물 때문에 공장, 축사 등 생산시설과 주거시설을 제한받아야 되냐고 볼멘소리를 한다. 작은 지역의 이해관계를 넘어 국민과 국가라는 차원에서 이해하고 수용해야 할 문제다.

외국의 경우 수십km에 이르는 상수원보호구역에 사람의 출입을 엄격하게 통제하면서 철저하게 관리하고 있다. 우리의 경우 기존의 거주와 경작, 가축사육행위를 용인해주어 상수원이 오염에 항상 노출되어 있다.

중앙정부와 지자체가 공동으로 상수원 종합관리 방안을 모색해야 한다. 상수원 보호지역을 확대시키고 기존입주자를 이주시키는 대책도 이번 기회에 서두르기 바란다. 상수원지역에서 식당을 운영하고 공장을 가동하며 영농을 하는 갖가지 오염원 유발업소는 물론 간접적으로 오염시키고 있는 잠재적 오염업체까지 이주시키는 장기계획을 만들어야 한다.

상수원지역의 거주자와 도민 모두가 상수원보호 지역에 관심을 갖고 함께 지켜가기 바란다. 물은 생명을 존재케 하는 제일의 필수 요소이기 때문이다. 최소한 국민이 마음 놓고 물을 마시고 쓸 수 있게 해주는 수질정책은 어떤 정책보다 최우선적으로 이뤄져야 한다.

(2006.1.11.)

수원도서관 명칭변경 안 돼

※ ※ ※

"공공도서관의 본래기능은 직, 간접적인 봉사기능과 예약제도, 참고봉사, 문화교실 및 각종 문화행사주최와 협력을 하는 확대봉사기능 및 아동, 청소년, 성인, 노인 등 이용자 봉사기능을 담당하고 있다. 이 기능을 축소하거나 변경하는 일은 시대가치를 역행하는 일이다."

경기도 교육청이 당초 계획한 수원도서관을 평생교육학습관으로 변경을 서두르자 전문가집단과 시민들의 반발이 거세게 일고 있다. 도교육청 산하 154명의 사서로 조직된 경기도사서연구회는 명칭변경반대성명을 냈고, 시민들은 도서관을 이용해 축적된 자료이용과 일상의 접근에 어려움을 제기하고 있다.

도서관과 평생교육학습관은 기능과 역할이 상이함은 물론 전문적 서비스제공도 방법과 내용이 다르다. 정부는 작년 10월에 도서관법을 공포하여 대통령소속 정보정책위원회를 6월에 발족하고 적극적인 도서관 확충정책을 펼쳐왔다. 독서를 통한 국가경쟁력의 중요한 역할을 도서관이 담당하기 때문이다.

　도교육청은 작년 3월에 수원시 권선동1234번지에 사업비 350억을 투입하여 4천여 평의 도서관을 착공하고 9월에 준공했다. 수원도서관은 도립도서관으로 백만 시민이 이용해야 할 정보의 요람지로 기능을 다할 계획이었다. 국가경쟁력은 국가의 정보능력에 있으며 이 능력의 획득을 도서관이 제공하고 있음은 재론의 여지가 없다.

　지식정보화사회에서는 지식에서 정보를 창출하며 정보를 이용하여 소득과 재화를 만들어가게 된다. 이러한 중요성에 기인하여 정부는 2005년 5월 교육재정 중앙 투·융자심사 승인을 하여 경기도립 수원도서관 건립을 승인했다.

　그러나 김용서 수원시장의 공약사업인 수원시 평생학습센터 건립을 도교육청이 적절하게 대응하지 못해 오늘에 이른 것으로 판단되고 있다. 시장과 도교육청은 명칭변경에 따른 혼란과 기능변화의 역기능을 인식하고 충분한 시민여론수렴절차를 경시해서는 안 된다.

　중지와 여론을 존중하며 원칙에 충실하기 바란다. 도서관을 평생교육학습관으로 변경할 경우 이에 맞는 타당성 검토, 설계 및 건축, 운영계획을 다시 세워야 하므로 시간과 재원의 낭비는 물론 시민의 행정 불신을 야기하게 됨을 명심해야 한다.

완공된 도서관을 재설계와 시설운영변경을 할 경우 여러 가지를 감내해야 하는 문제가 발생함은 물론이다. 명칭변경은 도서관이용의 생활화와 독서환경제공이 절실한 때에 시민의 혼란, 도서관기능과 인식에 대한 경시풍조 제공 등 극복하기 어려운 많은 문제가 있다. 도서관에서도 원만한 평생학습기능을 담당할 수 있는데 굳이 명칭을 변경하여 혼란을 야기하는 것은 행정의 미숙이며 일관성과 신뢰성을 떨어트리는 일이다.

시민과 약속을 가볍게 생각하고 쉽게 바꾸는 구태의연한 행정을 시민은 거부하고 있음을 인식하기 바란다. 도서관은 파워게임이나 정책이반자의 편견과 사욕에 의해서 좌우돼서는 안 됨을 강조한다.

선진국의 경우 많은 국공립도서관을 건설하여 시민에게 봉사하고 있는 사례를 본받아야 한다. 캐나다 토론토시에는 9개의 공공도서관이 있으며 여기에서 읽기, 쓰기, 수학 등 개인교습을 무료로 실시하고 있다.

시민들이 자유롭게 안락한 시설에서 독서를 하고 대화를 나누며 휴식을 취하는 기능까지 담당하고 있다. 영국의 도서관도 학교와 지역사회에 가까이 위치해 있어 시민들이 손쉽게 찾을 수 있는 정보창출의 산실로 역할을 다하고 있다.

모든 나라들이 지역사회에 크고 작은 도서관을 확충하고 있는 현실을 볼 때에 우리도 도서관 확충이 절실하다. 그런데 우리는 도서관을 다른 기관으로 변형한다는 것은 어불성설이다.

공공도서관의 본래기능은 직, 간접적인 봉사가능과 예약제도, 참고봉사, 문화교실 및 각종 문화행사주최와 협력을 하는 확대봉사가능 및 아동, 청소년, 성인, 노인 등 이용자 봉사기능을 담당하고 있다.

이 기능을 축소하거나 변경하는 일은 시대가치를 역행하는 일이다. 평생학습은 다양한 교육기능과 학습방법을 필요로 해서 전문성과 이용시민의 욕구를 파악하고 시설물을 건설하여 배치하여야 한다.

꼭 평생학습관이 필요하면 시간을 갖고 절차를 거쳐서 추진해도 늦지 않음을 인식하기 바란다. 당초 계획한 도서관을 준공한 후에 기관의 의도대로 일방적으로 변경해서야 되겠는가.

시민의 반발과 일관성 없는 행정에 대한 불신은 시정발전에 크게 걸림돌이 될 것이다. 교육행정을 비롯한 모든 행정의 기본은 신뢰성과 일관성에 있음을 강조한다.

신축한 도서관의 당초 목적을 변경하여 평생교육학습관으로 할 때에 자기 주도적 학습기능과 정보획득에 장애가 됨을 알아야 한다. 수원시에 세워진 경기도 도립도서관은 8년간 노력해온 시민의 숙원사업임을 상기해야 한다.

시장의 공약이행이나 어떠한 이유도 도서관을 평생교육학습관을 비롯한 어떤 명칭변경도 온당치 못함을 주장한다.

(2007.11.22.)

숭고한 어머니의 뜻

❅ ❅ ❅

"죽은 자와의 약속마저도 지키는 영원한 신뢰의 행동이기에 사회는 그를 칭
송하고 있다. 돌아가신 어머니는 오랫동안 교사로 재직하다 운송업을 하여 수백
억 원대의 큰돈을 모았다. 돌아가신 이 씨 어머니는 무남독녀인 李 씨를 남부럽
울 것 없이 키우면서 항상 어려운 이웃을 돌보며 살아가라고 가르치셨다."

돌아가신 어머니의 유지를 실천한 60대 李 모 여성의 아
름다운 기부가 우리 사회에 잔잔한 감동과 희망을 던져주
고 있다. 거룩한 어머님의 뜻을 거스르지 않고 실행에 옮긴
효심과 여유로움이 우리를 기쁘게 해준다.

개인기부액수로는 사상 최고를 기록한 큰돈을 자신의 이
름을 밝히지 말라는 부탁과 함께 모 대학병원에 기부했다.

이 씨는 어머니로부터 물려받은 서울강남의 400억 대의 땅을 자신이 한 번도 치료받은 적이 없는 서울의 모 대학병원에 익명으로 기부한 사실이 뒤늦게 세상에 알려졌다.

기부의 순수함과 아름다움을 실천하여 우리에게 더 큰 감동을 주고 있다. 연말이면 불우이웃돕기라는 명분 속에 몇백만 원을 내고 온갖 언론에 홍보하는 사람이나 기업체와는 차원이 다른 기부였다. 자신의 기부사실을 비밀로 해달라는 조건의 진정성과 순수성이 각박한 사회에 희망의 빛을 주고 있다.

오른손이 한 일을 왼손이 모르게 하라는 선행과 기부의 본질적 가치를 실행으로 보여준 인간 승리다. 사랑은 생색을 내거나 자랑하지 않는 것이라는 사실을 절감하게 해준 사건이다. 李 모 여사는 "평소 재물에 집착하지 말고 전 재산을 사회에 환원하라."라고 하신 어머니의 유지를 받들어 단지 어머니의 돈을 전달한 것에 불과하다며 이름 밝히기를 끝내 거부했다.

어머니의 뜻을 따르겠다며 땅문서를 조건 없이 대학병원에 내놓으며 아름답고 살기 좋은 사회가 되길 소망했다. 약속파기를 밥 먹듯 하는 현실 정치인과는 수준과 질이 다르다. 죽은 자와의 약속마저도 지키는 영원한 신뢰의 행동이기에 사회는 그를 칭송하고 있다.

돌아가신 어머니는 오랫동안 교사로 재직하다 운송업을 하여 수백억 원대의 큰돈을 모았다. 돌아가신 이 씨 어머니는 무남독녀인 이 씨를 남부러울 것 없이 키우면서 항상 어려운 이웃을 돌보며 살아가라고 가르치셨다.

李 씨는 어머니의 가르침에 따라 남편과 자녀들을 검소하게 생활 하도록 이끌었다. "좋은 것도 해보고 나면 별것 아니라."라는 어머니의 가르치심을 몸소 실천했다. 가진 사람은 더 많이 가지려고 발버둥 치며 안락과 쾌락을 추구하는 졸부들의 삶과는 수준과 질이 다른 삶을 살았다.

황혼 길에 접어든 딸이 고인이 된 어머니의 유업을 지키는 아름다운 모습은 야박하고 혼탁한 우리 사회를 밝혀줄 빛이며 가능성 있는 희망의 증거가 될 것이다. 李 여사는 연구 활동과 사회봉사활동에 헌신하고 있는 대학병원에 기부했다.

순수하고 아름다운 기부는 더불어 살아가는 윤리와 공공재화는 사회에서 함께 공유해야 한다는 철학을 실행했다. 대학 측은 대기업도 하기 힘든 개인으로서는 사상 최대의 큰 기부금인 이 돈을 뜻있게 활용할 계획이다.

기부자의 뜻을 받들어 연구역량 향상과 사회공헌을 위해서 쓰겠다고 밝혔다. 한 사람이 준 감동은 우리 사회를 크게 변화시키는 계기가 될 수 있어 희망적이다. 아름다운 재단에서 추진하고 있는 수입의 1%를 사회에 기부하기운동도 이번 사건이 자극이 되어 많은 국민이 참여하여 실천해가길 바란다.

함께 참여하는 나눔과 기부는 우리 사회를 인정 넘치는

아름다운관계 속에 살기 좋고 행복한 사회를 이루어갈 수 있다. 유산 안 남기기 운동을 생활화하여 사사로운 인정보다 더 넓은 세상을 보는 넉넉한 마음을 갖고 사회기부를 실천해갔으면 좋겠다.

모진 역경을 극복하고 자식을 길러내는 강한 모정이 이제는 사회와 국가를 위해서 위력을 발휘하길 바란다. 이 세상에 모정보다 더 강하고 끈질긴 것은 없다. 오래전부터 우리 민족은 이웃끼리 나눔을 통해서 어려움을 극복하며 살아왔다.

계, 두레공동체 등 주민자생조직은 이웃의 어려움을 극복해온 역사의 실체이다. 우리 민족의 인간존중 사상 속에 모정 같은 나눔의 기부정신은 빛나고 있다. 자식의 양육을 위해서 자신의 희생을 기쁘게 받아들인 삶 속의 기록은 한국의 모정보다 더 큰 것이 없다.

희생과 사랑의 상징이었던 어머니가 지금은 무섭고 두려운 존재로 변해가는 사회가 때로는 야속하기도 하다. 사회 변동의 물결을 막을 수는 없지만 전통의 아름다운 가치는 존속되어야 한다.

앞으로는 기부하는 선행의 가치가 존중받는 제일이 되어야 한다. 李 여사의 거액 기부는 이 세상에서 모의(母意)보다 더 아름다운 것이 없음을 말해주고 있다.

한국의 자랑스러운 참어머니 모습을 보여준 李 여사에게 행운과 건승하시길 진심으로 빌고 싶다. 함께 나누고 칭찬

하는 사회는 인간의 존엄한 가치와 행복을 실천하는 아름
다움이다.

(2007.7.19.)

경기도 빛 전국 1위 재정운용 개선해야

✳ ✳ ✳

"도민의 혈세를 낭비한 책임을 도지사를 비롯한 도공무원이 져야 마땅하다. 지역에서 세계축제는 한계가 있으므로 중앙정부와 사전에 긴밀한 협조속에 계획을 수립해야 한다. 해외자매도시와 공동으로 한정된 축제를 실시할 경우 효과를 기대할 수 있다."

경기도가 추진한 4대 세계축제가 낭비성으로 끝나는 등 예산운용의 미숙으로 전국 1위의 부채를 기록하고 있어 대책마련이 시급하다. 국감자료에 의하면 경기도 1년 예산 2조 7천억 원보다 630%가 넘는 16조 9천468억 원의 부채를 진 것으로 나타났다.

손학규 지사가 부임한 2002년부터 2004년까지 부채가

150% 늘어나 전국 1위라는 오명을 기록하고 있으나 대책이 전무하다. 지방재정운용을 개인 돈 쓰듯 무계획, 무책임하게 해온 결과로 도민의 혈세를 낭비했다는 비난을 면키 어렵게 됐다.

손 지사가 국제화, 세계화를 부르짖으며 추진한 국제축제는 외국인의 외면 속에 재정만 축낸 결과를 낳았다. 세계평화축전의 예산낭비와 계획부재는 도를 넘고 있다. 임진각평화누리조성비에 120억 원, 행사비용에 80억 원 등 총 2백억 원을 투입해서 생명촛불 파빌리온 기부금 1억 3천636만 원, 통일돌무지모금액 1억 6천여만 원의 저조한 모금에 그쳤다.

이는 파빌리온과 돌무지행사 공사비 5억 원의 30%도 못 미치는 금액이며 당초 목표액 100억 원의 2% 수준이라니 기가 막힐 일이다. 세계축제에 외국인 참여율이 1% 미만으로 저조하여 수출 및 관광효과가 거의 없고 예산만 펑펑 써버린 축제였으나 어느 누구 책임지는 사람 없다.

사전계획과정의 검증과 철저한 분석에 의한 현실성을 외면한 생색내기와 홍보 목적에서 이루어졌다는 의심이 간다. 도민의 혈세를 낭비한 책임을 도지사를 비롯한 도공무원이 져야 마땅하다.

지역에서 세계축제는 한계가 있으므로 중앙정부와 사전에 긴밀한 협조 속에 계획을 수립해야 한다. 해외자매도시와 공동으로 한정된 축제를 실시할 경우 효과를 기대할 수 있다.

도지사 자신의 선거와 입지구축을 염두에 두고 계산된

손해 보는 해외축제에 대해서 철저하게 평가, 감시, 환수하는 종합적인 대책 마련을 서둘러야 한다. 무엇보다도 지자체 단체장의 시정철학과 합리적인 재정운용의 기법개발이 절실하다.

장애인 고용확대 대책 세워야

❋ ❋ ❋

"우리 모두가 더불어 살아가는 구성원이라는 의식을 갖고 장애인과 함께
하는 사회적 분위기 조성이 절실하다. 제도적 보완과 기업인을 비롯한 국민
의 장애인에 대한 의식변화를 위한 사회, 교육적 노력이 함께 이루어져야
효과를 기대할 수 있다."

매년 장애인이 늘어나고 있으나 취업난으로 이들은 경제
적 고통을 겪고 있다. 장애인에 대한 사회적 편견과 기능저
하라는 이유로 부당한 대우는 물론 취업기회를 박탈당하는
일만은 없어야 한다.

경기도의 경우 17만 2천여 기업체가 있으나 이 중 49%
인 1천2백41업체에서는 장애인을 단 한 명도 채용하지 않

고 있어 대책마련이 절실하다. 취업한 장애인도 대부분이 전문 직종이 아닌 단순근로직이어서 열악한 환경과 저임금에 시달리고 있다.

이마저 일자리를 구하기가 어려우며 대기업체는 생산성 감소를 이유로 장애인 고용을 기피하고 있다. 정부의 장애인 의무채용인 규정인 전체 근로자의 2% 채용마저 외면하며 얼마 안 되는 벌과금으로 대처하고 있다.

경기도 내에 있는 하이닉스반도체, K.T. 등 상시근로자 1만 명 이상 기업체에서는 겨우 0.74%만 장애인을 고용하고 있는 실정이다. 현재 장애인 고용촉진지원센터에서는 무상으로 장애인을 위한 작업시설설치와 장려금을 지원해주고 있으나 별로 실효를 거두지 못하고 있어 새로운 대책마련이 절실하다.

장애인 채용기피의 외형적 이유는 생산력 감소라지만 장애인에 대해 기피하는 선입감이 작용한 이유가 큰 것으로 전문가는 보고 있다. 우리 모두가 더불어 살아가는 구성원이라는 의식을 갖고 장애인과 함께하는 사회적 분위기 조성이 절실하다.

제도적 보완과 기업인을 비롯한 국민의 장애인에 대한 의식변화를 위한 사회. 교육적 노력이 함께 이루어져야 효과를 기대할 수 있다.

교통사고, 산업재해로 장애인이 증가하고 있는 현실을 외면한 채 정부에서는 안일하게 대처하여 특별재활프로그램개발과 보급이 매우 저조한 실정이다. 기업주를 대상으로 인권위나 사회복지협의회 등에서 장애인에 대한 부정적 인식 개선을 위한 교육을 체계적으로 실시할 것을 주문한다.

장애인고용촉진공단에서는 장애인의 능력개발을 위한 취업교육과 훈련을 강화시켜서 비장애인에 떨어지지 않는 실력과 능력을 갖춰가도록 노력해야 한다.

장애인채용 기업체에 대한 세제감면을 지원해주는 등 인센티브를 부여하는 방법도 고려해볼 만하다. 장애인 고용은 잠재적 장애인인 우리 모두가 진지하게 논의해야 될 당면 과제임을 강조한다.

예산 낭비하는 지자체의 해외교류

"시, 군정구호를 저마다 세계화, 일류화를 부르짖고 있으나 실제는 패거리와 제몫 챙기기의 대표적 사례로 해외교류를 들 수 있다. 자매결연나라에 대한 언어는 고사하고 사회문화의 특성을 모르고 방문하여 실수의 연발로 오히려 국위선양은 고사하고 망신을 당하는 사례가 비일비재하다."

앞 다퉈 지자체가 외국과 자매결연을 하고 있으나 상호협력을 통한 이익보다는 단체장과 지방의원의 관광성 외유를 합법화시켜 주는 수단으로 악용되고 있어 통제할 수 있는 제도적 개선이 요구되고 있다.

경기도의 30개 기초자치단체는 외국의 136개 시, 군과, 도는 16개국 21개시, 도와, 도의회는 6개국 6개 시도와 자매결연을 체결하여 교류를 하고 있으나 부작용만 클 뿐 성과가 별무하다.

경제협력과 문화교류가 활성화된 몇 곳의 해외자매결연을 제외하고는 단체장과 의원들의 해외 관광성 교류와 사전선거운동이라는 비난을 받고 있다.

명분은 경제문화교류지만 실제는 관광과 유흥으로 해외교류가 이루어지고 있는 실정이다. 선진지 견학과 경제협력을 명분으로 내세우고 있으나 공식행사는 하루 이틀이면 끝나고 삼사 일은 관광과 유흥으로 보낸다.

너무 비효율적이고 낭비적 국제교류 행태를 벗어나지 못하고 있다. 선거 때 도와준 사람을 주로 선정하여 해외교류 명단에 삽입시키므로 사전 선거운동성격이 짙은 탈법의 합리화 방법으로 악용된다.

명분으로 내세운 양국 간 우호교류는 뒷전으로 하고 실제는 선심성, 관광성 교류라는 지적이 중론이다. 자매결연도 중국 60곳, 미국 21곳, 일본 15곳으로 일부지역에만 편중돼 있어 새로운 경제사업 창출이나 문화교류에 효율성이 떨어진다.

시, 군정구호를 저마다 세계화, 일류화를 부르짖고 있으나 실제는 패거리와 제몫 챙기기의 대표적 사례가 해외교류다. 자매결연나라에 대한 언어는 고사하고 사회문화의 특성을 모르고 방문하여 실수의 연발로 오히려 국위선양은 고사하고 망신을 당하는 사례가 비일비재하다.

평택시의 경우 여성폭력종사자교육비 연간예산이 45만 원, 가정폭력피해자 의료비 예산이 67만 2천 원에 불과한데 시장, 의원의 외유예산은 수천만 원 이상을 마구 쓰고 다닌다. 앞으로는 지역마다 학계, 경제계, 문화예술계 등 전문가와 지방의원으로 해외여행 사전점검위원회를 만들어 불필요한 교류로 예산낭비를 줄이고 효과를 걷을 수 있는 방안을 찾아야 한다.

　귀국 후에는 반듯이 보고서를 제출하고 공개하여 시민들이 정보와 견문을 공유할 수 있는 방안을 찾아야 한다. 더 이상 시민이 내는 소중한 세금을 효과 없는 해외여행으로 낭비해서는 안 된다.

수도권 공장 신·증설 허용해야

❀ ❀ ❀

"정부의 한시적 부분허용 조치는 대기업의 시급한 요구를 경기도가 중앙정부
에 강력히 요청해서 이루어진 결과로 볼 수 있다. 신설공장의 경우 외국인
투자기업의 욕구수준을 충분히 고려하여 예외규정을 두어 편의를 제공해주는 일
이 시급하다."

정부여당이 수도권에 8개 첨단 업종공장 신·증설을 허
용할 방침을 밝히므로 경기도의 당면 과제 하나가 숨통을
트게 됐다. 경기도가 주장해온 25개 업종+알파에는 크게 못
미쳐서 도민불평은 가라앉지 않고 있으나 수도권 정비법에
꼭꼭 묶인 지 10년 만의 허용이라는 데 의미를 부여하고
싶다.

수도권 과밀방지와 난개발을 이유로 공장 신·증설을 규제해온 것은 역차별이며 세계화시대의 경쟁력을 감소시키는 정책이다. 수도권에 공장건설이 안 될 경우 수송비, 관리시스템 등 여러 요인으로 지방이 아닌 해외로 갈 수밖에 없다는 게 기업체의 주장이다.

다행히 발등의 급한 불은 끈 셈이지만 문제는 여전히 남아 있다. 이번 조치로 신설이 허용되는 8개 업종은 감광재, 프로세스 케미칼 등 화학약품과 LCD모니터를 비롯한 컴퓨터입출력장치 및 기타주변기기, 파워모듈 등 발전기와 전기변환 장치, 다이오드 트랜지스터, 유사반도체, 인쇄회로판, 전자부품, 방송수신기, 영상음향기, 광섬유이다. 이 외의 다른 업종의 공장 건축은 불가능하다.

정부는 난개발문제 때문에 부득이 공장 신·증설기간을 내년 말까지 허용하기로 하고 수도권정비위원회의 심의를 거쳐서 성장관리지역 내의 산업단지에 한하여 신·증설을 허용하는 제한규정을 두었다. 그러나 LG화학, 전자, 이노텍과 대덕전자 등 5개 대기업 계열 부품회사의 신·증설은 가능해진 셈이다.

정부의 한시적 부분허용 조치는 대기업의 시급한 요구를 경기도가 중앙정부에 강력히 요청해서 이루어진 결과로 볼 수 있다. 신설공장의 경우 외국인 투자기업의 욕구수준을 충분히 고려하여 예외규정을 두어 편의를 제공해주는 일이 시급하다.

유럽, 중국 등 세계 나라들이 해외기업유치를 위해 모든 편의를 제공해주는 무규제제도를 배워야 한다. 외국인투자나 국내기업유치를 위해서는 원스톱 시스템으로 신속편리하게 지원해줄 수 있는 정책개선을 촉구한다.

수도권은 인프라구축이 이뤄지고 브랜드이미지가 경쟁할 수 있는 강점을 지니고 있어 규제철폐가 절실하다. 세계화 시대에 규제는 파멸을 의미하며 자율과적 창의와 신속한 지원만이 경쟁의 승리요인임을 인식하기 바란다.

행복도시 세종시의 미래

※ ※ ※

"중부권만 좋아지고 남부와 동부는 관계없는 일이라는 미시적 사고에서 거시적 사고로 전환이 필요하다. 행정도시가 완성되면 비수권의 시간과 비용을 줄이고 사회문화, 정치경제 발전을 한 걸음 앞당긴다는 사실을 명심하기 바란다."

행정도시 특별법이 제정된 지 2년 4개월 만인 20일 현지에서 기공식을 가졌다. 지난 대통령선거 때 중앙과밀화 해소와 지방분권화를 이루겠다는 노무현 후보가 공약한 지 4년 10개월 만에 이루어진 셈이다. 말도 많고 탈도 많던 행정도시 건설이 현실로 이루어지는 광경을 목격한 주민들의 마음은 기쁨과 감동으로 가득 찼다.

헌법소원 제기로 위헌판결과 수도권의 반발 등 일부 세력의 조직적 반대를 극복하는 우여곡절을 겪으며 착공식을 갖게 되어 지역민과 국민의 기대와 우려는 더욱 컸다. 미래는 창조해가는 사람의 의도에 따라서 달라지기 마련이다.

충청인만이 아닌 국민 모두가 소망과 참여를 통해 세계적인 명품행정도시를 건설해야 함은 이 시대의 사명이며 바람이다. 수도권의 과밀화와 집중현상은 더 이상 시민건강과 생산성 제고를 담보할 수 없는 포화상태에 이르렀다.

영국의 피터 드뢰지 교수는 행정도시의 환상형 구조는 세계신도시사상 유례가 없는 혁기적인 발상으로 세계의 명품도시를 건설할 수 있다고 주장한다. 그간 세계 각국에서 건설한 행정도시의 단점을 보완하고 장점을 현지에 적절히 적용시킬 수 있는 지혜가 필요하다.

친환경적이고 자연이 보전되며 그 속에서 인간의 참된 행복을 추구할 수 있는 신도시를 만들어가는 작업은 결코 쉬운 일이 아니다.

에나벨 페그럼 호주 국가 수도청장은 살기 좋은 도시로 건설하여 국가 균형발전에 공헌하고 세계에 모범도시로 건설하기 위해서는 새 도시 거주주민들의 열정과 자긍심이 필요하고 체계적인 관리가 이뤄져야 한다고 강조하고 있다.

자연과 인간이 상호 보완하는 순기능을 키워주는 도시건설이 절실하다. 주변도시와 산업, 정보, 행정 클러스터를 구성해서 관련 분야 간 협업을 통한 상생발전을 모색해가는 일도 존중되어야 한다.

국가행정의 복합기능이 수행되는 중심도시라는 시민의 강한 자긍심과 적극적인 참여가 수반돼야 한다. 49개 정부기관만 아니라 청와대를 비롯한 정부부처 모두가 세종시에 새둥지를 틀 때에 완전한 행정중심도시가 건설될 수 있다. 이는 국민의 관심 속에 중지가 모아지고 적극적으로 추진될 때에 이루어질 수 있음을 강조한다.

호주의 캔버라, 말레시아의 푸트라자야, 브라질의 브라질리아보다 더 멋있고 국가품격을 높여주는 도시로 건설하여야 한다. 전국 16개시, 도의 분토, 합토의 의미처럼 국민통합의 계기를 만들어주어야 함은 물론이다.

행정도시는 충청권만의 일이 아닌 국가적 차원의 상생발전임을 재삼 강조하며 왜곡하는 세력의 반성을 촉구한다. 자연을 보존한 상태에서 교육, 문화, 환경 등 우수한 정주여건을 조성해야 함을 잊지 말기 바란다. 이미 국민의 민의가 모아진 행정 수도건설에 대한 법적지위에 대해 국회는 하루속히 처리해야 한다.

건설하는 과정에서 지역건설사를 비롯한 지역민과 주변주민에게 참여기회를 주는 일이 중요하다. 주인의식과 함께 새 행정도시를 건설하는 자긍심과 사명감을 증진시킬 수 있기 때문이다.

행정도시 건설은 현실적으로 서울공화국과 지방공화국이라는 극심한 국토불균형을 극복할 절호의 기회임을 강조한다.

산업, 정치, 문화, 교육, 교통 등 모든 곳이 수도권에 집중되어 지방의 사회비용과 국토의 불균형발전은 지역갈등을 부추기고 사회통합에 암적인 요인으로 작용하고 있는 현실이다. 이번에 건설되는 행정도시가 성공하면 지역경제발전은 물론 균형발전을 앞당길 수 있음을 인식하여야 한다.

중부권만 좋아지고 남부와 동부는 관계없는 일이라는 미시적 사고에서 거시적 사고로 전환이 필요하다. 행정도시가 완성되면 비수권의 시간과 비용을 줄이고 사회문화, 정치경제 발전을 한 걸음 앞당긴다는 사실을 명심하기 바란다.

2030년까지 건설되는 행정도시의 중단 없는 추진을 위해서 대선후보들은 차기정권에서도 계획대로 행정도시를 건설하겠다는 공약을 다짐하여 화합과 상생의 새 역사를 열 것을 강력히 주문한다.

(2007.7.23.)

실질적인 수도권광역협의체를

✻ ✻ ✻

"국제경쟁사회에서 집중과 집적효과를 배제할 수 없으며 생산과 소비의
인프라는 물론 사회간접자본이 발달된 수도권의 개발확대에 의한 부가가치
창출은 엄청나기 때문이다."

서울, 인천, 경기도는 일일생활권으로 행정, 개발, 복지,
교육 등을 지역특성과 현실에 맞는 계획을 수립하여 추진
해가야 함에도 현실은 상충된 이해관계로 협력하지 못하고
있다. 이런 현실을 비판하면서 수도권의 효율적인 성장관리
체계 구축방안모색이 절실하다는 주장이 세미나에서 제기되
었다.

수도권의 공통된 현안문제를 해결하기 위해 지난 1988년에 구성된 수도권광역협의회가 2001년 회의를 마지막으로 유명무실해졌다. 따라서 수도권광역협의회의 기능을 대처할 새로운 조직이 필요하다.

수도권은 경제자유구역, 산업단지, 매각이 불확실한 공공기관과 행정부처 이전지를 제외하더라도 신규사업추진에 6천만 평의 부지가 필요하다. 비용편익에 의한 부담원칙, 난개발제재라는 명확한 정책목표, 중앙정부 역할분담이라는 차원에서 수도권과 지자체 간 수평적 광역협의체가 구성되어 현안문제를 풀어가야 한다.

광역협의체 구성방안으로 특별대책기구를 구성한 후 수도권 택지개발건설사업, 사전평가제를 도입하고 수도권 성장관리위원회를 만들어서 로드맵을 정해가야 한다는 주장이다. 그동안 정부주관으로 이루어진 정책별협의체는 정부지침을 전달받는 데 그쳐 지역이익을 대변하며 정책에 반영되는 일이 없었다.

우선적으로 수도권의 개발을 제한하는 수도권개발제한법의 해제가 시급하다. 수도권 과밀방지와 지방의 균형발전이라는 주장은 지방 분권법에 의한 균형발전계획이 수립되어 추진되고 있으므로 문제는 달라지고 있다.

국제경쟁사회에서 집중과 집적효과를 배제할 수 없으며 생산과 소비 인프라는 물론 사회간접자본이 발달된 수도권의 개발확대에 의한 부가가치 창출은 엄청나기 때문이다.

무분별한 난개발을 방지하고 그린벨트의 보전으로 쾌적한 도시환경유지에 협의체는 힘을 모아야 한다. 교통, 상하수도, 쓰레기, 학군문제는 행정구역에 따른 책임회피와 이기적 주장을 버리고 상호협력적인 노력으로 풀어가야 한다.

실효를 거두고 자원과 예산을 절약할 수 있는 수도권광역행정협의체의 새로운 기능에 기대를 걸어본다. 운영하는 사람의 소아적 시각을 버리고 수도권이라는 공통인식을 가져야 함이 중요하다.

6급 장애인이 웬 말인가

※ ※ ※

"경제수준의 향상에 따른 개인주의 성향의 증대, 정체성을 찾으려는 욕구
의 강화, 부부간의 신뢰도 약화, 여성 활동이 증가하면서 남성접촉기회의
증대, 성개방풍조에 의한 성가치의 왜곡, 남편에 대한 불만이나 외로움 등
정서적 탈출을 찾기 위해서가 불륜의 이유다."

우리 사회는 정의와 가치가 왜곡되어 혼탁이 가속되면서
자기변명을 위한 합리화가 확산되어가고 있다. 정상성, 보
편성, 진정성, 공공성의 가치보다 자기편의주의적 사고를
중시한 결과로 여겨진다.

자신의 언행을 위로하고 지지하기 위한 괴변과 속어생성
이 도를 넘는다. 특히 성윤리의 붕괴와 실종에 따른 말들이

그러하다. 성윤리는 사회질서의 근본이 되는데 이의 왜곡이 매우 심각하여 가정공동체가 위기를 맞고 있다.

요즈음 회자되고 있는 6급 장애인이라는 신조어의 단면적인 표현이 심각하다. 평범한 가정주부들까지 애인 만들기가 유행하면서 애인 없는 사람을 6급 장애인이라고 부르고 있다. 과거에는 일부지역의 유한마담들이나 했던 일이 급속하게 가정주부까지 번지고 있다는 보도다.

최근 모 여론기관에서 조사한 결과 외도문제로 고민하는 주부가 절반에 육박하고 있으며 30% 이상이 주변에서 외도를 본 적이 있다고 답하고 있다.

경제수준의 향상에 따른 개인주의 성향의 증대, 정체성을 찾으려는 욕구의 강화, 부부간의 신뢰도 약화, 여성 활동이 증가하면서 남성접촉기회의 증대, 성개방풍조로 의한 성가치의 왜곡, 남편에 대한 불만이나 외로움 등 정서적 탈출을 찾기 위해서가 불륜의 이유다.

가정이 편안한 안식처의 기능을 상실하고 가족은 신뢰와 사랑이 자라나지 못하여 정서적인 공감대마저 형성하지 못하고 있는 결과로 볼 수 있다. 불륜은 사소한 동기와 계기에서 시작해서 궁극적으로는 육체적 쾌락에 빠지게 되어 파국을 맞게 된다. 가정주부의 불륜은 가족의 고통과 파탄을 초래해 커다란 사회문제가 되고 있다.

부부간의 불신은 껍데기뿐인 해체된 가족으로 행복을 찾기 어렵고 시한폭탄 같은 위험한 동거로 결코 방치할 수 없다. 전통적 가정의 기능과 역할이 점점 약화되어 가정의 기초기능, 고유기능, 부차기능을 사회와 국가가 담당해야 하므로 부담해야 할 경제적 손실과 사회적 비용이 크게 늘어나게 된다.

가정경제, 가사노동, 자녀양육, 가족관계를 부부가 대화를 통해서 적절하게 역할을 분담해갈 때에 갈등을 최소화시켜갈 수 있다. 가족구성원 간의 신뢰를 상실한 가정은 존재가치가 희박하기에 훼손요소를 사전에 예방하거나 제거하는 노력에 적극적이어야 한다. 사회교육을 통한 건전한 부부관계, 행복한 가정공동체를 만들어가는 일에 사회와 국가가 적극 나서야 할 때다.

사소한 불만에서 시작되는 불신을 일상의 대화를 통해 극복해가야 한다. 불륜이 결코 로맨스가 될 수 없으며 자기파멸과 가정파탄만 가져올 뿐이다. 잠재적 욕구를 충족한 뒤 자기합리화를 위한 변명은 부도덕할 뿐이다.

부도덕한 행위는 사회의 지탄 속에 자신의 파멸과 비극적인 종말을 가져올 수밖에 없다. 허전한 부부간의 정신적, 육체적 공간을 메워주기 위한 노력이 수반될 때 불륜은 감소될 수 있다. 아직도 가부장적이고 가장중심사회의 풍조가 남아 있어 부부간의 대화가 서툴고 사랑표현에 익숙하지 못한 실정이다.

지방자치단체가 나서서 건전한 가정 만들기와 원만한 부부대화에 대한 다양한 프로그램을 적극 추진해가야 한다. 기혼여성들에게는 친밀감과 공감적 대화 등 정서적인 관계 욕구와 사회경제적인 안정감을 찾으려 하는 욕구를 충족시켜 주는 일이 시급하다.

따뜻하고 정다운 말 한 마디가 부부간의 신뢰를 극복하는 계기가 되므로 진솔하게 애정을 표현하는 일에 좀 더 적극적이어야 한다. 가족구성원 모두가 격려해주고 존중해주는 사랑공동체의 복원은 해체가정을 막고 건전한 가정을 유지해갈 수 있다.

국민 모두가 6급 장애인이 될 때 가정의 성윤리는 회복될 수 있는가를 자문해본다. 세상에서 회자되는 6급 장애인이란 말이 사라지도록 건전한 성윤리를 확립해가는 노력을 기울이자. 소크라테스의 "인간 최고의 덕목은 실천능력이며 실천능력이 시민의 도덕의식개혁에 기여한다."라는 말처럼 성윤리 확립의 실천으로 도덕적 성의식개혁을 이뤄가야 한다.

인간의 본능적 욕구이며 가장 중요한 성에 대한 윤리를 회복시키지 못할 때 우리 사회는 혼란과 파탄으로 달음질칠 것을 염려한다. 형이상학적인 가치를 추구하면서 자아정체성을 확립하고 꿈을 실현하는 일에 열정을 바쳐가야 행복한 가정과 아름다운 사회를 만들어 행복할 수 있다.

가정에서 자유와 행복을 진정으로 찾으려면 정겨운 대화와 사랑스런 스킨십을 통해 신뢰와 평안의 터전을 만드는 일에 앞장서야 한다.

(2006.10.3.)

함께하는 아름다운 세상

❋ ❋ ❋

"자신의 정성과 사랑을 자랑하지 않고 보이지 않게 실천하는 사람의
아름다운 모습이 우리에게 진한 감동을 준다. 그렇다. 사랑은 자랑하거나
뽐내지 않고 숨어서 스스로 하는 것이다."

인간 공동체는 슬픔과 기쁨을 같이하며 어려움을 함께
극복해 가기 위한 행동에 의미가 있다. 연말의 추위도 이웃
과 함께 사랑과 인정을 모으면 따스하게 녹일 수 있다. 우
리 민족이 고난과 역경을 함께하며 슬기롭게 극복했던 역
사의 수많은 일들을 상기해본다.

부족한 것을 서로 나누며 함께 공유했던 여유로움은 갈등

과 저주를 용해시키고 사랑과 정겨움으로 삶을 이어왔다. 빈부의 양극화가 심화되어 국민갈등이 폭증되는 현실에서 통합과 함께하는 가치를 실현하는 길은 나누고 도우며 여유롭게 아름다움을 추구해가는 길이다.

길가의 자선냄비 소리가 연말의 이웃사랑을 나눔과 참여로 실천하자고 메아리친다. 함께 나누며 보듬는 사랑은 정겹고 아름다운 세상을 만들어갈 수 있다. 있는 사람보다 어렵고 없는 사람들의 나눔에 대한 실천이 많기에 위안이 되고 사회는 아름다운가 보다.

어느 지방대학에서 일어난 아주머니의 소리 없는 진정한 나눔의 참여는 우리에게 잔잔한 감동을 주고 있다. 어느 대학 문헌정보학과 학생회에서 학우 어머니의 심장병 수술비를 마련하기 위해서 학생들이 김밥을 만들어 팔고 있다는 소식이 신문에 알려지자 이 소식을 접한 50대와 30대 두 여성이 조그만 선물을 준비했다며 초콜릿과 과자가 들어 있는 종이가방을 전달하고 돌아갔다.

종이가방 안에는 1천만 원의 현금과 작은 메모지가 있었다. 메모지에는 "모두가 함께 보는 꽃밭에 물을 주는 마음으로, 모두가 걸어가는 길에 쓰레기를 줍는 심정으로, 우리가 함께 가는 세상을 사랑해주세요. 우리가 손을 잡고 함께한다면 어떤 어려움도 이길 수 있습니다. 여러분들의 따뜻한 마음에 이 길로 올수 있었습니다. 수술이 잘 돼 건강을 되찾기를 기원합니다. 당신들이 있기에 세상이 아름답습니다."라고 적혀 있었다.

학생들은 이들의 고마운 마음을 나중에 표하기 위해서 이름을 물었으나 한사코 대답을 피하며 도망치듯 사라졌다. 자신의 정성과 사랑을 자랑하지 않고 보이지 않게 실천하는 사람의 아름다운 모습이 우리에게 진한 감동을 준다.

그렇다. 사랑은 자랑하거나 뽐내지 않고 숨어서 스스로 하는 것이다. 힘없는 노파가 자신이 할 수 있는 일은 작은 텃밭에 채소를 가꿀 수 있는 일이라며 꽃을 가꾸듯 아침저녁으로 정성을 들여 기른 무와 배추를 김장 못 한 어려운 이웃집에 웃으며 갖다 주는 주름진 얼굴에 깃든 넉넉함에 행복을 느낀다.

헌옷을 열심히 수집한 후 깨끗하게 세탁해서 동남아국가의 어려운 사람들에게 보내는 자선단체에서 수십 년을 봉사하는 할머니의 마음에 추위는 없다.

수년간 이주노동자를 무료로 진료해주는 의사들의 모임이 있다. 정부에서는 외국인노동자에게 대불지불제를 실시하고 있으나 복잡하여 대부분 무료진료소를 찾게 된다. 오늘도 몽골에서 온 유학생의 치아를 치료하면서 보람을 찾는다. 이들의 자원봉사활동은 국경을 넘어 인간애를 키워가고 있어 아름답다.

일본군 위안부 출신인 김군자(80세) 할머니는 평생 모은 1억 원을 아름다운 재단에 기부하였다. "모든 것을 내놓으니 오히려 부자가 됐다."라며 마음이 넉넉해진다고 말한다.

할머니는 55명의 학생에게 장학금을 주고 이들을 손자소녀로 여기고 있다. 우리에게 할 수 있는 일이 너무 많고 가진 것이 너무 많다는 사실에 대한 인식변화가 절실하다.

인간의 욕심을 채울 수는 없으나 비운 만큼 풍족할 수 있다는 여유의 철학을 생각해보자. 나눔의 공존가치는 실천을 위한 시작에서 비롯된다. 나눔의 실천은 인간애를 완성시켜 가는 확실한 노력이다.

자신이 처한 현실을 긍정적이고 여유롭게 생각하며 남을 위해 헌신하는 마음을 실행할 때에 감동을 주게 된다. 조금만 참고 아끼며 비워서 어려운 이웃에게 베풂을 실천해가자. 자신은 한층 풍요로워지고 사회는 아름다워질 것이다.

삶의 모두를 함께할 수 없으면 자신이 할 수 있는 영역만이라도 참여하고 실천하는 시간을 가져보기 바란다. 함께 나누는 사랑이야말로 아름답고 풍요로움을 체험할 수 있는 지혜이다.

이웃이 있고 사랑이 있어 추운 겨울을 따뜻하게 보낼 수 있는 우리 사회는 아름다움이 넘치는 사회다. 함께하는 마음으로 이웃돕기에 참여하자. 사랑에 열매를 달고 동전 한 닢이라도 도와주는 정성이 필요한 때다.

양말 한 켤레. 라면 한 봉지로 사랑의 불을 지펴가자. 우리 국민 모두가 따뜻하고 훈훈한 겨울나기에 참여하자. 함께하는 사랑보다 더 아름다운 마음은 없다. 사랑의 마음을 눈사람 굴리듯 키워가는 연말을 기대해본다. 이 시대를 살아가는 동반자로서 희로애락을 함께 나누며 희망을 공유하는 삶이 겨울날에 이루어졌으면 한다.

(2006.12.26.)

〈저자소개〉

■ 정 하 성 박사

충남대학교를 졸업 후 대만 L.R.T.I에서 지역사회와 청소년연구를 마친 후 대구대학교 대학원에서 지역사회학을 전공하여 행정학박사를 취득하였다.

한국청소년문제연구소장(서울), 사단법인청소년지도연구원장(대전)으로 활동하는 등 30년을 한결같이 지역사회와 청소년지도자로 연구하며 봉사하고 있다.

매일경제신문 기자, 충청매일, 중도일보, 경기일보 논설위원을 거쳐 현재는 충청투데이, 중부일보 논설위원으로 활동하고 있다.

국가시험 청소년지도사 1·2·3급 출제위원겸 검정위원, 청소년상담사 1·2·3급 검정위원, 한국청소년개발원 초빙연구원, 문화관광부 정책자문위원과 민주평화통일자문위원을 거쳐 현재는 한국청소년학회장, 한국범죄예방교육원장을 맡고 있다.

한양대학교 행정대학원 외래교수를 거쳐 평택대학교 학생처장, 사회교육원장, 사회복지대학원장을 역임하고 현재는 동교 청소년복지학과 교수로 재직하고 있다.

정하성 시사칼럼집 5

● 사랑의 매는 폭력의 미명인가

• 초판 인쇄	2008년 5월 15일
• 초판 발행	2008년 5월 15일
• 저 자	정하성
• 펴 낸 이	채종준
• 펴 낸 곳	한국학술정보㈜
	경기도 파주시 교하읍 문발리 513-5
	파주출판문화정보산업단지
	전화 031) 908-3181(대표) · 팩스 031) 908-3189
	홈페이지 http://www.kstudy.com
	e-mail(출판사업부) publish@kstudy.com
• 등 록	제일산-115호(2000. 6. 19)
• 가 격	16,000원

ISBN   978-89-534-9084-0 93810 (Paper Book)
       978-89-534-9085-7 98310 (e-Book)